Chara r File

ジュジュツと
アオイキツネ

衛青雪

冷淡孤僻的狐妖少女、夜狐一族的殘支，偽裝成普通學生混居於人類世界。
妖化時，瞳孔會轉為青色，並長出狐耳和尾巴。

衛青雪
我的身份、還有進入高中的原因，
都不能告訴你，但我能保證不會傷害任何人。

Character File
ジュジュツと
アオイキツネ
楊萬里
楊萬里
青雪的同班同學，家族世代守護這方土地。溫和穩重、觀察力敏銳，雖然總是背著木刀，但參加的是籃球校隊。
如果妳有可能危害到其他人的安全，
我就不能坐視不管。

GOBOOKS
& SITAK
GROUP©

GOBOOKS
& SITAK
GROUP©

三日月書版

三日月書版

Charm & Teal Fox
著 散狐
畫 雨野
符與青狐
ジュジュツと
アオイキツネ
上
三日月書版
輕世代 FW356

符與青狐
ジュジュツとアオイキツネ

目錄

序幕

人類是一種，相當容易被自己的感覺和理性所蒙蔽的生物。

就算感受到了違和之處，大多也會用「只是看錯了吧」、「怎麼可能」、「我真迷糊」之類的說詞說服自己。

以至於看不清事物的真實樣貌。

或許，躲避未知或危險之物，就是人類的天性吧。

就像如果正視太陽，眼睛便會刺痛燒灼。

所以儘管那個漂浮於宇宙之中的大火球，每天每天都撒下凶猛的光線，路上來來往往的行人卻沒有半個抬頭看一眼。

這也是出自生物自我防衛的本能。

不去看、不去觸碰，就不會受傷。

理論上來說是正確的，但就像不去看太陽，不代表不會被陽光晒傷一樣。

有時候，只是置身於世界之中，就會迎頭遭遇未知的事物。

至於時間早晚、遇上之後發生了什麼，那又是另一回事了。

校舍。中庭。石磚。秋風。枯葉。樹枝。木棉。紅繩。吊。

放學鐘響，高中生魚貫走出校門，林筱筠邊滑著手機，邊跟隨著人潮移動。因為接下來還有咖啡廳的打工，所以即使視線始終盯著螢幕，她仍然用著比同學們稍快的步伐穿越中庭，朝門口走去。

走著走著，林筱筠抬頭撥開散落到額前的長髮，突然駐足不動。

「咦……」女孩歪了歪頭，對於自己走了半天，卻還滯留在校舍前的現況感到疑惑。

沒有想太多，她又再次走下臺階，邊滑手機邊走向校門，隨著與剛才相比略顯減少的學生群移動。

然後再次回到校舍前。

林筱筠皺起眉頭，看了看手機上顯示的時間。

剛好五點半，正好是放學人潮要變得稀疏的時間。

進入晚秋而提早落下的太陽，將種在中庭、讓人潮分流的三棵木棉樹拉出長長的陰影。

攏了攏及背的長髮，女孩謹慎地邁出腳步。這次她把手機收在口袋，雙眼直視前方，深怕錯過了什麼不尋常的變化。

在接近校門的瞬間，林筱筠長長的睫毛一眨，接著……

再度回到校舍前方。

女孩全身的寒毛直豎，偌大的校園中庭，已經半個人影都沒有。

拿出手機想再次確認時間，螢幕卻陷入一片漆黑，不管怎麼拍打或嘗試開機，都沒有半點回應。

女孩開始奔跑。

然而，不論如何變換路線，或是想直接翻牆離開，只要她稍微一閃神，周遭的景物就會立刻回復為剛踏入中庭的模樣，說有多詭異就有多詭異。

這下子，她也不敢獨自一人回去陰森的校舍了。

太陽下沉。

林筱筠喘著氣，撥開黏在額頭和後頸的長髮，被汗水濡溼的制服貼在身上，讓人相當不舒服。精神在壓力和緊張感壓迫下迅速消耗，短短的時間內，呼吸就變得困難，手腳也漸漸開始發冷。

怎麼回事？這是怎麼回事？

林筱筠無言地提問，自然沒有得到任何回覆。

四周一片沉寂。

寒風吹來，黑暗隨之籠罩住空蕩蕩的校園。溫度在天色的變化下，如溜滑梯般下降，讓衣著單薄的女孩下意識地抱緊肩膀。

再次、又一次、不知道第幾次地穿過中庭，林筱筠早已處於崩潰邊緣，疲憊、恐懼和飢餓侵蝕著精神，就連木棉樹的陰影都顯得如此巨大駭人。

……被冷風搖動的樹枝上，似乎還掛著什麼？

隨著距離拉近，枝頭上掛著的「某物」，輪廓也漸漸清晰起來。

林筱筠瞪大眼睛，用力捂住嘴唇壓下一聲尖叫。

是個人——也許是，也許不是——毫無生氣的身影背著月光，在晚風吹拂下顫巍巍地搖晃。一條鮮紅色的繩子綁在枝頭，支撐著恐怖的鐘擺效應。

林筱筠拔腿就跑，儘管已經精疲力盡，還是不得不驅動近乎脫力的雙腿，恐懼迅速在四周蔓延，如大霧般將她包覆。

跑！跑！快跑！

校庭的石磚鋪面在女孩的腳步下向後飛逝，像是某種顏色難看的霓虹燈。

接著無可避免地回到樹下。

林筱筠的瞳孔在眼眶中顫抖著，枝枒間出現第二道人影。一樣的紅繩子，一樣的寒風，吹過落盡葉片的空洞樹梢，發出毛骨悚然的嗚嗚淒響。

一步、兩步，林筱筠咬緊打顫的牙關，往校舍的方向緩緩後退，現在她已經顧不得那邊有多麼陰森了，只要能逃離這幾棵木棉樹，不管去哪裡都好。

去哪裡……都好。

毫無意外地再次回到樹下。

淚水在林筱筠的眼眶中打轉，每次她想要離開木棉樹，都會再度回到原點，就像某種無限迴圈一樣。

然後，每次回到原點，樹梢就會多掛上一個人影。

一樣的紅繩子，一樣的寒風。

「夠了……夠了！」女孩抱頭蹲在地上，痛苦地閉上眼睛，指甲劃破白皙的肌膚，留下怵目驚心的血痕，漂亮的秀髮被風吹得散亂不堪。

已經……撐不下去了。

再次回到樹下。

最低的枝枒上，多了一個鮮紅色的繩環。

林筱筠黑溜溜的大眼睛早已失去生氣，行屍走肉般前進著。

那抹腥紅，像是在對女孩招手。

她踮起腳尖。

淒厲的嗚咽聲劃破夜空。

第一章——貓死吊樹頭・壹

鐘聲響。

放學時間一到，總算能放鬆精神的學生們立刻將教室內的分貝量提到最高。準備回家吃飯的人、稍後有約的人，以及還得前往補習班再戰第二輪的苦命人，全都在校園內瀰漫的鬆懈氣氛影響下，顯得情緒高漲。

除了某個獨自在角落默默收拾東西的女孩。

低調的及肩短髮，始終面無表情的臉龐，女孩從頭到腳都散發著生人勿近的氣息。頂著這樣的氛圍，自然沒有其他人和她交談。

不過她似乎也不怎麼在意就是了。

兩名同班的男生一面交談，一面從女孩的身邊路過。

「怎麼樣，吾英，要不要打個球再走啊？」

「免了，我今天想早點回家睡覺。」

「這樣啊……對了，剛才不是發了期中考的考卷嗎？老師好像有說要不及格的同學把所有錯誤的題目訂正一遍，明天得交，別忘啦。」

「啊啊，煩死了！別在這種時候提醒我啦，楊萬里。」

「呃，但每次都是你缺交，這樣負責收作業的我會很麻煩……」

「好啦好啦，我借別人的抄一抄就是了。」

染著一頭顯眼金髮的楊萬里無奈地笑笑，和旁邊一副懶散模樣的同學舉手道別。

冷眼看著這一切的女孩垂下視線，將手上的雜物全數塞入書包，工整寫在課本封面的三個字一晃而過。

衛青雪，這是短髮女孩的名字。

她是那種在班上的存在感很低的人，不管是下課的休息時間或是放學，青雪都很少被其他人搭話，更別說是融入同學之間了。

也因此，她總是能豎耳傾聽周遭的動靜。

幾個女生一如往常地聚在教室角落，七嘴八舌討論著最近的八卦。

「喂喂，妳們知道嗎？」

「知道啊知道啊！」

「聽說昨天，有個二年級的學姐在中庭的木棉樹上吊欸。」

「真的假的啊？」

「好像叫什麼……林什麼筠的？」

「林筱筠？」

「哦哦，我認識她！那個長頭髮、身材很好的學姐吧？我跟她在社團上有講過幾次話耶。」

「是個什麼樣的人啊？」

「嗯……其實不太有印象。」

「為什麼要上吊呢？」

「跟男友分手？欠債？被性騷擾？」

「怎麼可能啦哈哈。」

「誰知道呢。」

「欸欸欸，不過事情有趣的點不在這裡啦。」

「不然在哪裡呢？」

「聽說，那個學姐是被掛在離地五公尺高的樹幹上欸。」

「怎麼把自己弄上去的呢？梯子？繩索？」

「現場好像沒那些東西的樣子。」

青雪收拾書本的動作停了下來。

「所以那個學姐現在死了？」

「不不不，聽說奇蹟地沒死呢，事情才沒有繼續鬧大啊。」

「好像緊急送醫之後勉強活下來了，不過現在還昏迷不醒的樣子。」

「怎麼會突然自殺呢？明明好好一個女孩子。」

「真是太有病了。」

「真是太愚蠢了。」

所有女生齊齊搖頭。

青雪沒有繼續聽下去，將疊好的參考書收進書包之後，就頭也不回地離開了。

對她來說，無論是關於同學作業遲交、或是學姐企圖自殺之類的話題，都無法動搖她的心情。隨時保持冷靜的頭腦看待事情，是青雪一貫的生活態度。

否則便無法看清事物的真實樣貌。

受到他人的言語迷惑，抑或是起伏過大的思緒，都是人類容易被蒙蔽視野的原因。

女孩的制服裙襬搖曳，皮鞋踩著樓梯拾級而下，像是幽靈般沉默地穿過放學的人潮，朝校舍中庭走去。

三顆並排的木棉樹依然聳立著。

青雪在離開校舍的臺階前，停下腳步，一對烏黑的雙眼緩緩睇起，目光掃視周圍。

一股說不出的異樣感，懸浮在人聲熙攘的空氣中。

沒有遲疑太久，青雪重新移動黑色褲襪包覆著的大腿，朝校舍與校門之間的中庭前進。

喀搭喀搭，皮鞋踩過不平整的石磚路面，發出舒心的脆響，女孩跟在一群笑鬧的男同學後面，穿越校園。

青雪回到了校舍的臺階前。

周圍的學生變少了些。

握著單肩書包背帶的手指緊了緊，青雪沉下臉。直覺告訴她，情況不太對勁。

沒有貿然嘗試再次走向校門，女孩冷靜地環視周遭。

熙來攘往的學生們神色如常，聊著電玩和食物等普通的話題。秋風掠過木棉樹乾枯的枝枒，空氣中不祥的氛圍又變重了些。

仔細尋找著異樣感，青雪決定再次邁開腳步。

維持著視線的水平，黑髮女孩看著幾個學生順利地走出大門，踏出校園外。

青雪的瞳孔猛然縮小。

警戒地稍稍壓低身體重心，女孩在校舍臺階上迅速左顧右盼。

像是在玩找出兩張圖片中不同之處的遊戲，青雪憑著記憶和肉眼，試圖找出身邊環境帶來異樣感的根源。

心臟本能地加速跳動。

不對勁，眼前的情況肯定不對勁，謹慎思考一下，說不定能因此找到突破點。

青雪這麼告訴自己。

不知何時，身邊已經連半個人都沒有了，天色也像快轉般暗了下來。

別無選擇之下，青雪再次走下臺階，即肩短髮在冷風中搖曳著。

屏氣凝神留意著周遭，女孩最後還是沒逃過被送回校舍臺階的命運。

不過至少確認了一件事。

每次要經過中庭的三株木棉時，就會身不由己地重演回到起點的劇情。

看來問題就是出在那幾棵樹上了。

銳利的眼神掃過光禿禿的枝幹，青雪的腦海中閃過一個情報。

——聽說昨天，有個二年級的學姐在校門口的木棉樹上吊欸。

不會吧……

青雪無奈地嘆了口氣，緩步走下臺階。

既然知道事件的癥結，那麼對她來說，就沒有什麼可懼之處了。只不過如果可以的話，還是希望能以和平的方式脫身呢。

吊。

中間的木棉樹上，出現了第一個垂掛的人影，在瑟瑟秋風中空虛地搖蕩著。

再次回到臺階。

第二個、第三個、第四個。

吊。吊。吊。吊。吊。吊。吊。吊。吊。吊。吊。吊。吊。吊。

木棉樹上被紅繩圈吊著的腐爛人體數也數不清。

終於，在不知道第幾次來到樹下時，青雪抬頭，看著那個空蕩蕩、專為她所準備的紅色草繩。

青色的火光在短髮女孩眼中搖曳著。

雖然不知道為什麼是自己被找上，但如果再不想辦法脫身的話，就算是她也會陷入致命危險。

「……不好意思，你挑錯目標下手了。」

在青雪梳理整齊的頭髮上，冒出一對略尖的獸耳，制服裙襬下也隨之鑽出同色的蓬鬆尾巴，細雪般的白毛覆蓋住獸尾尖端，與毛皮的其餘部分形成強烈對比。

狐耳。**狐尾**。

儘管形狀和一般認知中的狐狸相當神似，但從青雪裙底伸出的尾巴，毛色卻是暗沉的黑青色，與女孩如野獸般瞬間豎直的雙瞳，一同流露出強烈的妖異感。

青色的狐火在青雪手中燃起。

木棉樹無聲地顫抖著。

「消滅吧。」青雪舉起手，青焰隨著捲起的氣流一口氣暴漲，將她的瀏海向後吹散。

「這位同學，等等。」

一道毫無緊張感的聲音橫插進來，讓青雪的動作微微一頓。

等到她意識過來，才發現一隻強而有力的手掌正緊握住她的前臂，蓄勢待發的狐火也因為這短暫的遲疑而悄然熄滅。

青雪斜過視線，以不悅到幾乎可以稱之為殺氣的眼神瞪向來人。

「呃，嗨？」染著顯眼金髮的高大男孩尷尬地笑了笑，在青雪凶狠的瞪視之下鬆開手，擺出「抱歉，我投降」的姿勢。

這傢伙……記得是同班的人？

青雪迅速摸索著記憶深處。

好像是籃球校隊的成員，叫做……叫做……

「楊萬里。」從腦海中一閃而過的姓名脫口而出。

他在這裡做什麼？

應該說，他怎麼有辦法進入這個理應不受任何人打擾的空間？

下一秒，青雪猛然舉起手，按住從自己頭上伸出的狐耳。

而被點到名字的萬里，自然也注意到了狐妖女孩的這個動作，不過他沒有因此產生動搖，只是平靜地展開笑容。

青雪瞇起雙眼。

這個男人的反應，未免也太平淡了吧？

看見同班同學長出了狐狸的耳朵和尾巴，難道不應該表現得更驚訝一點嗎？

還是說，他被樹上吊掛著的屍體嚇傻了？

「妳打算把它直接燒掉對吧？可以不要這麼做嗎？」萬里指指木棉樹，語氣平和。

「為什麼不？」青雪厭煩地反問。

如果她的認知沒錯，不把「這東西」解決掉的話，困在這無限循環空間中的人，就沒辦法回到原本的世界。只能在黃昏的校庭中不斷徘徊，直到被掛上樹頭、成為眾多屍體的一員為止。

她可沒那個閒情逸致和吊死鬼當朋友。

「要問為什麼……喏，妳看。」萬里舉起手，指向離地五公尺的某根樹枝。

那裡有個孱弱的人影被紅繩勒住脖頸，在枝椏間微微搖晃。

和其他腐爛到面目全非的屍體不同，那抹身影的輪廓較為清晰，相對之下更像是「活著」的個體，但也只是相較之下而已。

被紅色繩環緊勒脖頸的長髮女孩，身上的制服早已殘破不堪，就連僅存的一絲生命氣息也如風中殘燭般幾乎隨時會消失，這才讓青雪在第一時間沒有注意到她的存在。

「妳應該有聽說了吧？有個叫做林筱筠的二年級學姐在昨天上吊自殺了，那就是她的魂魄……嘛，不過嚴格來說不能算是自殺啦。」萬里將手臂抱在胸前，若有所思地說，「她應該是和青雪遇到一樣的狀況才變成這樣的。雖然目前還有一口氣在，但要是隨便便把樹燒了，學姐的魂魄也會被牽連進去，到時候恐怕就再也醒不過來了。」

青雪默默露出不以為然的表情。

「啊，對，我知道妳想說什麼。」萬里無奈地聳聳肩。「放著不管的話，過個幾天，學姐的魂魄也會因為離開身體過久而消散。如果考慮到個人安危的話，確實是捨棄那邊，直接把樹燒掉會比較好。」

「既然這樣……」青雪的眼神一厲，再度燃起狐火。

「所以我就是來處理這件事的。」萬里靜靜舉起手，有意無意地擋住燃起的青炎。

「你？」青雪忍不住發出狐疑的聲音。

在她看來，眼前的男同學不過是稍微比常人高大、肌肉發達了點，身上連半點特殊的氣息也沒有，可說是與「這種事情」完全絕緣的類型。

這樣的普通人，居然一口咬定自己能處理眼前的狀況……莫非是腦子壞掉了？

感覺到自己正受到無聲的質疑，萬里不禁露出苦笑。

「總之，現在出手燒掉不是辦法，我們先離開這裡吧。」

離開？

聽到這句毫無邏輯的話，青雪的頭上不禁冒出無數問號。

「……楊萬里，你太小看妖怪的能力了。」哪有鬼物的結界是讓人要來就來，要走就走的。

「青雪同學，妳太高估自己的知覺了。不隨時保持警戒的話，可是很容易被表象蒙蔽的哦？人會，神會，妖怪也會。」

青雪的雙眼瞇起。

「在想著要不要當場殺了我之前，要不要先把耳朵和尾巴收起來啊？我們要回現實世界囉？」萬里嘆了口氣，在狐妖女孩還沒反應過來之前，又一次抓住她的手臂。

「喂，等……」

「走囉。」

單手扯開夜幕，萬里帶著青雪在原地來了個轉身。

女孩的髮絲和裙襬飛揚著。

「青雪同學，不要小看人類的力量啊。」

萬里的笑容，伴隨著重新降臨的新鮮空氣和放學人群，一起出現在青雪的面前。

自動門打開，消毒水和空調的氣味撲面而來，接受萬里邀請的青雪——當然是狐耳、狐尾已經收起來的狀態——與身邊的金髮男孩並肩踏入這間地方綜合醫院。

「……雖然現在問有點晚了，不過為什麼要來醫院？」青雪維持著一貫的冷漠表情，淡淡地問道。

「具體理由等等再解釋，我們先上樓去吧。記得學姐的病房是在……」萬里自顧自地確認著電梯旁的標示牌，領著狐妖女孩走進醫院內部。

在等待電梯上升到目標樓層時，萬里從制服胸前的口袋掏出一個便利商店集點贈送的土地公公仔。塑膠公仔肥肥短短的四肢、配上比身體還大的圓頭，有種莫名的喜感。

青雪記得這是幾個月前便利商店推出的民俗主題公仔，除了土地公外，還有關公、財神等民間諸神，不過平時沒有集點習慣的她，並沒有入手任何一隻。

原來這個看似陽光溫和的同學，居然還有這種興趣。

青雪一邊暗自猜想著萬里的愛好，一邊打量了洩露出些許清冷氣息的公仔兩眼。

「拜請。」隨著萬里一聲令下，土地公公仔像是活過來般跳起，站在他的掌心左顧右盼。

青雪反射性後退了一步。

現在她知道那個公仔上散發的氣息是什麼了，雖然很微弱，但那無疑是貨真價實的神氣，屬於鎮守附近地方、掌管土地上一切的后土，也就是土地神。

在萬里那聲「拜請」之下，土地神的意識被召喚了過來，與這個粗製濫造的公仔暫時合為一體。

這也未免……誇張過頭了。

青雪的掌心冒出冷汗。

沒有經過任何儀式或重安金身之類的程序，僅憑一聲「拜請」，就把土地神的分靈請來這個隨處可見的廉價公仔裡？

雖說土地神的神格不算太高，這個分靈也只是徒具意識，而沒有實際力量，不過光是能用一句話拜請到神明，就已經足夠了不起了。

不，如果再加上徒手扯開妖物結界的實績，這個叫做楊萬里的傢伙，說不定是比預想中還要破格的存在。

他到底……是什麼人？

青雪看著萬里的眼神中多了幾分警戒。

「是你啊，萬里小子。」土地公公仔轉了個身，慢悠悠地看著萬里發話。

「后土大人，我正要去探望之前吊死鬼騷動的受害者，希望您能給予建議。」

「那件事嗎？也好，畢竟是本神的委託，去看一眼也無妨……嗯？」講到一半，土地公才發現了青雪的存在，語氣停頓了一下。

「萬里小子，你沒事帶著個狐妖做什麼？該不會被魅惑了吧？」

「並沒有。」萬里無奈地搖搖頭。

「喲，仔細一瞧，這小妮子還不是普通的狐妖呢，貌似是夜狐族？真稀有，真稀有。」土地公公仔發出惱人的嘖嘖聲，肆無忌憚地上下打量著青雪，「居然還冒充成學生，沒想到夜狐族都快死光了還能變出新把戲。」

啪轟，青雪一彈響指，指尖瞬間冒出一團青色火焰。

「冷靜點青雪同學，我就這麼一個神體，重新弄還要花一堆時間，這邊就先無視后土大人的失言吧，拜託了。」萬里苦笑著用手掌護住公仔，不讓女孩的狐火燒到。

「什麼失言？聽好了萬里小子，狐妖都是一群不知檢點的傢伙，你最好小心點……嗚！」

還在喋喋不休的土地公，隨著終於打開的電梯門，被萬里塞回制服上衣的口袋。

兩人一前一後走入電梯，按下目標樓層、靜待數秒後，向上加速度帶來的重力感傳遍全身。

寂靜當頭罩下。

本來就完全不熟的萬里和青雪，此時當然沒有什麼話能講，過了半晌，萬里才有些尷尬地打破沉默。

「那個……抱歉，后土大人有時候說話不太好聽。」

面對這句道歉，青雪搖搖頭，沒多說什麼。

身為狐妖的她，自然知道這個種族在普世價值觀中代表著什麼。

罪惡的一族，墮落的一族，以美色招搖撞騙、換取力量的一族，在人類的故事中，只要和狐妖扯上關係，肯定沒什麼好下場。

這些她早就聽膩了。

不過，身邊這個高挑的金髮男孩，似乎沒有因此對自己投以異樣的眼光。

這樣的反應，反而不太正常。

青雪瞄了萬里一眼，後者正饒富興致地盯著電梯內的樓層介紹看。

叮咚一聲，電梯門再度緩緩滑開。

兩人並肩踏入住院病房的長廊，皮鞋跟在平滑的地面上敲出輕響。

「楊萬里。」青雪驀然開口，將縈繞四周的陣陣回音沖散。

「什麼事？」正沿路確認著病房號碼的萬里，有些意外地回過頭。

「為什麼要找我一起來？」青雪淡然問道，「你的話，就算不用那個神來提醒，也早就察覺到我的身分了吧？」

如果用人妖的二元論來區分，身為狐妖的青雪，無疑更接近校園中的吊死鬼那邊，實在很難想像有人類會主動替她解圍，更別說是一同調查事件了。

「要說為什麼……」萬里謹慎選擇著用詞，「剛才那個東西，給人的感覺和普通的吊死鬼不太一樣，不只氣息，連行為模式都很怪異。照理來說，這種由死者冤魂凝聚出的鬼物，應該不會襲擊其他妖族才對，但放學的時間明明還有很多其他學生，被當成目標卻是青雪同學妳……」

「原來如此，想看看能不能從我身上找到更多線索嗎？」

「差不多就是這個意思。」萬里有點不好意思地抓抓頭。

也是。青雪別過視線，沒有繼續深究下去。

僅止於此就好，她沒有打算和任何人類扯上更深的關係。事實上，要不是對楊萬里抱有一定程度的警戒與好奇心，她也不會接受同行的邀請。

至少在搞清楚他是何方神聖之前，都必須先沉住氣。

青雪冷眼看著邊喃喃念著病房號碼邊確認房牌的高大金髮男孩，暗自下定決心。

「啊找到了，林筱筠學姐的病房就在這。」萬里伸出手，用指節敲了敲寫著「9487」的病房門。

「……」青雪無言地再次看了眼房門上的號碼。

這個號碼是……認真的？

「我事先跟她的家長連絡過了，可以直接進去。來吧，青雪同學。」萬里輕輕推開房門，招手示意青雪跟上。

「這就是你來這邊的目的嗎？探人隱私？」

「嘛，算是調查的一部分吧。」面對青雪尖酸的指謫，萬里也只能苦笑。

林筱筠的床位在病房最內側，一進門就能看到一位挽著髮髻的中年婦女坐在裡邊。從年紀和滿臉憂心的憔悴神色來判斷，這位多半就是林筱筠的母親了。

注意到兩人靠近後，女人抬起頭來，對著他們露出僵硬的微笑。

「伯母您好，我們是中午有打電話聯絡過、和林筱筠學姐同個社團的學弟妹，聽說學姐發生意外後在這邊住院，所以想來探望一下。」

萬里彬彬有禮地展開微笑，原本相對同齡人就英俊、成熟許多的臉龐，在完美笑容的加持下顯得陽光耀眼，一照面就讓筱筠母親的表情軟化下來。

——真是可怕的社交能力。

青雪不禁有些佩服，但臉上仍舊維持一貫的冷漠。

「兩位同學，謝謝你們來看筱筠。」林筱筠媽媽站起身，儘管疲憊，還是擠出了最低限度的笑容。「不過筱筠到現在還沒醒來，不好意思，讓你們白跑一趟了。」

「不會白跑的，我們本來就是打算來替學姐打氣啊。」萬里一瞬間露出「果然嗎」的表情，旋即妥善做出回應。

青雪斜過目光，往病床上看去。

擁有端正五官的女孩緊閉雙眼，像童話故事的公主般沉睡著。烏黑的長髮被梳理整齊，床頭也放著一些探病留下的水果和卡片，看得出她在住院期間被悉心照料著。

「醫生說她的身體的情況還算樂觀，應該再等一陣子就能恢復意識，你們可以不用太擔心。」林筱筠媽媽心疼地撫平床單上的皺褶，表情卻與說出的話語完全對不上。

不，不會醒來的，就算等再久也沒用。

青雪默默收回視線，萬里的笑容中也多了幾分苦澀。

在他們眼中，病床上的女孩早已失去了生命力，要不是胸口仍微微起伏，恐怕就連活著也算不上，只是一具徒具空殼的軀體罷了。

「啊，你們應該有話想對筱筠說吧？我稍微出去一下，你們有什麼想吃的嗎？」

「伯母，不用麻煩了！我們也什麼都沒帶……」

面對林筱筠媽媽的體貼，萬里難得展現出失算的模樣，一陣客套話過去，假探病真調查的二人組還是被留在病房裡，林筱筠媽媽則外出採購去了。

「總感覺……有點過意不去。」萬里抓抓頭，忍不住嘆了口氣。

「……虧你掰得出那種謊呢。」

青雪毫不留情地在萬里的良心上又補了一刀，讓金髮男孩露出更為糾結的表情。

「這不是正好嗎！」筱筠母親的前腳才剛走，土地公公仔的頭就探出了萬里的上衣口袋，發出意義不明的號令。

「萬里小子，機會來了，動手！」

接到指示的萬里一瞬間屏除雜念，迅雷不及掩耳地朝學姐胸前探出手。

正當青雪一瞬間考慮要不要報警時，他卻一反預期地輕輕拉開林筱筠的病服衣領。

怵目驚心的瘀痕繞過林筱筠雪白的脖頸，出現在他們面前。顏色深得幾乎要滴出墨汁來的瘀痕，像詛咒般緊緊纏繞住女孩的頸部，讓人不禁懷疑在那樣的絞殺下，林筱筠究竟是怎麼維持呼吸生存下來的。

「后土大人，您怎麼看？」萬里的臉色凝重起來，詢問著土地神的意見。

「比起問我，為什麼不先問問那邊的夜狐小妹呢？你也是因為想聽聽妖怪的看法才帶她來的吧？」可愛的公仔搖晃著，發出與外表大相逕庭的刻薄聲音。

「我沒有義務回答任何人的問題。」青雪冷冷地說。

金髮男孩苦笑著，因為現場緊繃的氣氛顯得有些尷尬。

「不過……」青雪向前傾身，嗅了嗅林筱筠領口的位置，女孩的及肩短髮在病服表面一掃而過，下一秒，她便露出嫌惡的表情。「光從這種距離，就能聞到腐木和妖氣的味道。」

「妖氣？不是怨氣？」聽到意料之外的答案，萬里陷入沉吟。

沒等金髮男孩得出結論，土地公公仔就發出肆無忌憚的嘖嘖聲。

「沒想到夜狐族的小妮子挺有料的嘛。沒錯，比起一般吊死鬼所散發的怨氣，這個繩環的痕跡反而有著妖怪的氣息，和以往的狀況都不一樣。」土地公公仔嘿咻一聲，跳上了沉睡中女孩的胸口，在那充滿彈性的雙峰間跳上跳下。

「況且，一般的吊死鬼也不可能一口氣勾走這麼多人的魂魄，至少本神沒見過。」

「除了妖氣外，還有腐木的味道嗎？」萬里摀住嘴唇，將思緒轉往另一個方向。

走廊上隱隱響起腳步聲，察覺動靜的青雪迅速回過頭。

似乎是筱筠的母親回來了。

萬里僅僅晚了半秒就意識到這件事，他伸出拇指和食指，將還在大吃豆腐的土地公公仔捏了起來，塞回胸前的口袋內。

「我買了一些零食回來，兩位同學要吃一點嗎？」林筱筠媽媽打開房門，露出和藹的笑容，手中提著的塑膠袋晃了晃。

「啊，抱歉，我們等等還有打工和補習，時間上可能有點緊。」

「這樣啊……沒關係，謝謝你們今天來看筱筠，之後如果有空的話，也歡迎過來幫她打打氣。」

「我們會的，謝謝伯母讓我們來。」萬里沉穩地點了點頭。

向林筱筠媽媽告辭後，兩人穿過走廊回到電梯間。趁著四下無人的空檔，萬里也解除了公仔的請神狀態，讓后土的意識回歸本體。

「楊萬里。」離開醫院後，青雪面無表情地向前跨出一步，擋住金髮男孩的去路。

「我有幾個問題想問你。」

「什麼問題？」萬里溫和地微笑，單肩的背包背帶在那經過嚴格鍛鍊的厚實胸膛上，顯得有些緊繃。

「你是驅魔師嗎？」青雪開門見山地問道。

識破妖怪的結界、用便利商店公仔請神，這些匪夷所思的舉動，他卻舉重若輕地做到了。再加上主動插手校園內的吊死鬼事件，種種跡象都顯示，這個名為萬里的男孩很有可能與古老傳說中、那種以驅魔斬妖為業的職人脫不了關係。

「一來就是這麼尖銳的問題嗎？」萬里忍不住苦笑。

「這麼說來，我爺爺的爺爺『楊一里』似乎從事過妖怪退治相關的工作，不過傳到我這一代，作業的性質已經大大不同了。」

「這麼說，你不是驅魔師？」青雪瞇起雙眼，沒有給萬里蒙混過去的機會。

「不是。」這回萬里倒是坦率地回答了。

青雪點點頭，算是信了他的說法。

畢竟，就算是貨真價實的驅魔師駕到，也不太可能做到徒手請神、破開結界這類鬼扯的事情。

那麼，他究竟是「什麼」？

「不是驅魔師的話，難道你在玩扮演超級英雄的遊戲？」

「並沒有。」萬里無奈地搖搖手。

「真要說起來的話有點複雜，總之，我們家族欠了那個土地神很大的人情，所以世代都住在這附近，擔任一種叫做『守護者』的工作。」

「守護者？」青雪挑起眉梢。聽都沒聽過。

「顧名思義，是一種維持這塊土地各方面治安的工作。像我爸楊千里，就是地方駐警隊的隊長，一些對應妖物事件的相關技巧，則是爺爺教給我的。」

「……我明白了。」雖然還有許多未明之處，但青雪還是姑且接受了這個說法。

「所以，這次也是因為出現了吊死鬼的事件，那個公仔神才要你來幫忙的嗎？」

「嗯，這也是工作的一部分。」萬里點點頭。

「明明就是個神，居然還要人類幫忙……真是不知羞恥。」青雪毫不客氣地狠狠嘖一聲，完全沒把后土放在眼裡。

「嘛，就因為這種陰晴不定又難以捉摸的性格，所以才能成為『神』吧？」

並非因為神就是如此，而是因為如此才成為神嗎……

聽了萬里的說法後，青雪的心頭微微一動。

「那麼，最後一個問題。」

「原來還有一個嗎……」

「你從一開始就察覺到我的身分了嗎？」青雪牢牢盯著萬里，不給他任何逃避問題的空間。

儘管青雪對自己化形的本領有一定的自信，但以萬里敏銳的觀察力，也許早就發現了也說不定。畢竟兩人好歹也同班了一段時間，雖說彼此之間幾乎沒有交流。

「怎麼說，多多少少？像狐妖這種需要靠近人群的妖怪，通常都很會隱藏氣息，所以比較難發現，我也是直到妳現出部分原形時才確定的。」萬里笑了笑，給了個不怎麼乾脆的答案。

多多少少嗎？

青雪沉下臉，雙手猛然握緊。

「那麼……你要退治我嗎？楊萬里。」

一人一狐，兩種不同的感情在半空中交會，萬里的笑容微斂。

「……如果妳不惹麻煩的話。」

青雪冷哼了一聲，似乎不怎麼滿意這個答案。

萬里用力吐了口氣，稍稍聳肩。「說到底，我的職責是守護這片土地的治安。基本上，只要青雪同學不做出傷害其他人類或妖族的事情，我是不會特別去干涉的。」

「我懂了。」

雖然青雪很想趁勢問看看「如果傷害了其他人類又如何」之類的問題，但金髮男孩眼中透出的認真光芒，卻讓她打消了這個念頭。

「那麼就這樣吧，希望你有得到足夠解決事件的資訊。」淡淡拋下了這麼一句，青雪拉緊背包的背帶，轉身背對萬里。

「以後就算在學校也別和我講話，像平常那樣互相無視就好。」

沒等萬里回應，她就頭也不回地往街上走去。

狐妖和人類是不可能和平相處的，保持距離對彼此都好。

沒錯，這樣就好了。

黑絲襪包裹的足踝踩著皮鞋，漸漸離開金髮男孩的視線。

「互相無視就好……嗎？」目送消失在人流中的狐妖女孩，萬里不禁苦笑。

「青雪同學，妳未免想得太簡單了。」

第二章——貓死吊樹頭・貳

生滿灰塵的廟宇，靜靜坐落在都市一角，掛在屋簷的紅色燈籠，透出陳舊但溫暖的紅光。

經過時間長河的沖洗，這塊土地上的人多半已經忘了，這座曾經輝煌一時的廟宇究竟供奉著什麼神祇。

除了代代與之締結契約的守護者族人。

穿著高中制服、背著側背包的高大金髮男孩，熟門熟路地走進小廟前庭，繞過僅有零星火光的香爐，來到神壇前。

照理來說，在簇擁的水泥大樓叢林中，這麼一座小廟應該很難生存。尤其是在寸土寸金的市中心，這種無主之地隨時都有被吞沒的危險，然而它卻在成片的灰色海浪中屹立不搖了數十年、甚至上百年的歲月。

沒有人懷疑過這座廟能持續存在的原因，即便信徒和香火寥寥無幾，近幾年甚至沒有任何來往的行人駐足，它也沒有因此走向衰敗，而是默默地守護著這塊土地無數年……無數年，無數年。

「我回來了，后土大人。」萬里掏出剛請過神的土地公公仔，輕輕將它放在供桌上。掛著黑幕的神龕，遮住了原本應該擺放神像的位置，從深色布料的後面，一股無形的壓力傳了出來。

「比想像中還要棘手呢，那個妖怪。」將背包隨手往旁邊一放，萬里在大殿中隨意散放的軟墊上坐下，掏出水壺猛灌，溢出的水絲從男孩的嘴角流下。

「萬里小子，你是指……？」聲音比請神狀態要低沉許多，小廟的主人——守護此處的無名土地神回問。

「啊啊，我說的妖怪不是指青雪同學。」萬里放下水壺，露出沉思的表情。「殘留在學姐脖子上的氣息……與其說是怨念，不如說是殺意，恐怕就像青雪同學說的，是某種妖怪的妖氣。」

「或許吧。」

「但這就有點奇怪了，照理來說，不論是哪種吊死鬼，都一定會留下有關生前未了之事的怨念，像這樣散發不分敵我、見者通殺的妖氣實在很奇怪。」男孩若有所思地雙手抱胸。

「而且說到底，妖怪和怨靈從本質上就是完全不同的東西，為什麼這隻吊死鬼會擁有妖氣呢……」

無名土地神沒有回應萬里的自言自語，這種事情本就不是祂能插手的。身為一方神明，也有所謂能干涉的最大限度，祂只能將可能危害土地的問題找出，關於解決方法，就得仰賴與祂代代友好的楊家傳人了。

「把腦筋動到青雪同學身上也很弔詭，一般的怨靈基本上是不會跟妖怪做對的，雖說狐妖不是什麼強大的種族……」萬里用一隻手摀住嘴，眉頭緊鎖。

「不，那個小妮子可不是普通的狐妖。」回到神體後，無名土地神的語氣和思想似乎都變得成熟許多，渾然沒有公仔狀態時的活潑跳脫。

「啊對，是什麼夜壺族？那什麼莫名其妙的族名啊，因為晚上很會跑廁所，一直用夜壺所以才這樣取名的嗎？」

「當然不是，是黑夜的夜，狐狸的狐。」面對萬里有些扭曲的幽默感，無名土地神忍不住嘆了口氣，「你不也看到了？她手上的狐火和一般的狐妖顏色不同。據說夜狐族和普通狐妖的最大區別，是修練方式的不同。」

「修練方式？說到狐妖的話，不就是陰陽採捕……」沒有特別研究過狐妖的亞種，萬里只能以最低限度的常識來推測。

據說狐妖會吸收男性人類的精氣修行，透過幻術或變身術的方式，將自己化為美麗的女子與之交合，也就是俗稱的狐狸精。

不過仔細想想，以一個狐妖的身分來說，青雪偽裝的外表還真是低調。不論是略顯土氣的及肩短髮，還是沉默寡言的行為舉止，都很難把她和善於魅惑人心的妖怪聯想在一起。

這也是萬里一開始沒有立刻察覺到青雪身分的原因之一。

「據說夜狐族不採捕。」

「不採捕？」

「取而代之的是吸收日月精華，藉此增加道行，不過效果慢得多就是了。」

「既然效果不好，為什麼還選擇這種修練方式？」萬里將幾個軟墊拉近身邊，舒服地躺了下去，絲毫沒有把對神明應有的尊重放在心上。

「天地日月的精華，比人類的精氣要純正得多，雖然轉化困難，不過修成正果的機率遠比吸食精氣要高多了。」

「原來如此，莫非那個吊死鬼是看上了青雪同學的天地精氣？」猛然彈起身體，萬里恍然大悟地說道。

「不太可能，怨靈對修仙求道沒什麼興趣，而且真是這樣的話，也沒理由攻擊那個女學生吧？」土地神的聲音在殿中迴響，透出一股疲憊感。

「也是。」

過了好一陣子，一人一神之間沒有任何言語的交流，只是沉默地仰望天花板。

上次闖進結界中時，雖然只有短短一瞥，但萬里清楚記得，那棵木棉樹上掛了至少十幾個人影。意思是說，受害者絕不只林筱筠一人，但近期卻沒有聽到其他人在高中校園上吊自殺的消息。

真詭異。

萬里揉了揉太陽穴，手指拂過染成金色的頭髮。

「萬里小子，你……」

「？」

「該不會想收了那隻狐妖吧？」

「噗！」

一瞬間誤會語意的萬里，被自己的口水嗆得連連咳嗽。

無名土地神的意思，應該是在問他要不要乾脆把青雪退治了，以免之後產生更多麻煩。

應該是這個意思吧？

「不收嗎？雖然我看那小妮子的妖怪血統不算純正，但畢竟還是狐妖，要是成功收服，可是能做各種有關交合的事哦？」

「等等，原來我沒誤會嗎！」

雖然意思有微妙的差異，但果然是導向這種結果嗎？

未免也說得太露骨了吧……

明明是個貨真價實的神明，思考模式居然這麼幼稚，真是搞不懂祂在想什麼。

萬里忍不住扶額嘆氣。

「不過就算真收服了，那個小妮子也不能和你做吧，如果混上了不純的精氣，那麼之前吸收的天地精華可就白費了。」

「……我也沒打算收她就是了。」萬里回想起青雪手握狐火、滿身殺氣的妖化模樣，不禁苦笑。

要是無名土地神前面那番發言被她聽到了，恐怕這座廟可就真的要被燒了。

重新整理了思緒，金髮男孩站起身轉動了下僵硬的脖頸。

疑點還是太多了，也許，應該冒點風險去實地考察一番？

「……明天趁著假日跑一趟吧。」

「萬里小子，你該不會想去正面挑戰吧？」聽到萬里的自言自語，土地神忍不住出聲詢問。

「不，只是刺探一下敵情而已。不明朗的部分有點多，還不到開戰的時候。」金髮男孩聳聳肩，低頭撿起書包。

「注意安全，別讓楊家斷了香火。你還沒生孩子呢，萬一有什麼不測，以後誰來供本神驅策。」

「被當作工具使用了呢……」萬里半閉著眼睛吐槽。

「不如這樣吧萬里小子，你在去之前先上了那個狐妖小妹，留個種……」

「后土大人？」面對萬里突然露出的燦爛笑容，就連無名土地神都感到不寒而慄。

「對了，有件事情我想問問。」臨走前，金髮男孩回過頭，看向蒙著黑布的神壇。

「但說無妨。」

「這塊土地上，之前有發生過類似的事件嗎？」

如果是鎮守此處近百年的后土，應該知道點什麼吧。

黑幕後面沉吟了一會。

「最近幾十年沒聽說過，更久之前的沒印象了，畢竟那三棵木棉可是有上百歲的樹齡呢，在有學校之前就在那兒了。」

「好，我了解了。」萬里轉身跨過小廟的門檻。

蕭瑟的冷風猛刮過地面，一絲幾不可見的白色棉絮，從男孩的制服襯衫袖口飄落。

「什麼也查不到啊……」

楊萬里無奈地揉了揉眼角，又在校園中庭、最中間的木棉樹旁轉了一圈。

毫無反應，就是顆普通的樹。

妖氣、怨氣什麼的完全沒有，跟萬里入學時看到的一樣，就只是棵隨處可見的木棉樹。雖說樹齡老了點，但也沒什麼特異之處。

本來以為，可以靠著自己敏銳的知覺查出端倪，看來是錯估情況了呢……

「要把后土大人請來嗎……」

正當楊萬里摸索著牛仔褲口袋、尋找土地公公仔時，一抹熟悉的身影從視線邊緣出現。

不知為何在假日也穿著學校制服的青雪，一對上萬里的目光，就默默別過頭。

「喲。」萬里露出友好的微笑，對她揮了揮手。「妳在這做什麼？」

青雪果斷地轉身離開。

「喂喂喂！等等！」

「不好意思，請問你是什麼人？」

「喂喂，我們好歹也是同班同學，稍微留點情面嘛……」金髮男孩有些哭笑不得。

「莫非你是在這裡埋伏，等著襲擊路過的女性？真是有待商榷的癖好呢，楊萬里。」

明顯對巧遇感到相當嫌惡的青雪，講話可說是絲毫不留情面。

「饒了我吧……」舉起雙手擺出投降的姿勢，萬里無奈地苦笑。

他一向對這種容易讓場面變得針鋒相對的女孩沒轍，所以在氣氛變得更火爆之前，先退一步是最聰明的選擇。

「我是來調查之前那個吊死鬼事件的，沒有要找妳吵架的意思。」

「……我想也是。」青雪淡淡地哼了一聲，惡劣的態度就此打住。

即使是獨來獨往如她，也覺得自己剛才的用詞稍嫌尖銳了點。

「話說回來，青雪同學，今天不是假日嗎？妳怎麼還穿著制服來學校？」打量了狐妖女孩的裝束兩眼，萬里忍不住追問一句。

雖說是穿著制服，卻沒有背書包，所以應該也不是搞錯上課日期才對。

「不關你的事吧。」這回青雪明顯地沉下臉，似乎對萬里踰矩的詢問感到有些不悅。

啊，搞砸了。

萬里不禁暗暗嘆氣，只能眼巴巴地看著青雪快步繞過身邊，往校舍走去。

兩道身影交錯而過。

周圍的聲音一瞬間消失無蹤。

「！」

「……」

萬里和青雪迅速背靠背，擺出警戒的姿勢。

午後的天空暗沉下來，陽光被不知名的力量吞噬，駭人的寂靜籠罩校園中庭。

萬里的手背爬滿雞皮疙瘩。

還來？現在可是剛過正午啊，妖怪和鬼物最虛弱的時刻，居然挑在這種時機襲擊上次失敗過的目標？真是不尋常……

不同於金髮男孩迅速觀察情況的冷靜，被拖入妖怪結界的另一人並沒有按捺住躁動。

妖異的火焰揚起，黑青色的狐耳和尾巴從青雪的頭上和裙底伸出，如野獸般豎直的瞳孔，轉變成與狐火相同的深青色。

青雪再一次化為狐妖的型態。

又、又來啊……這傢伙是不是只要在沒人看到的地方，就毫不掩飾自己妖怪的身分啊……

萬里感覺著身後的變化，忍不住苦笑。

「楊萬里，快像上次一樣把我們弄出去。」

「先別急，難得對方主動找上門，這下可省下查找的功夫了。」

至今仍對吊死鬼事件毫無頭緒的萬里先放了一半的心。

畢竟林筱筠的魂魄再不回到身體，徹底消散也只是遲早的問題。現在好不容易碰上能正面接觸的機會，得好好尋找突破口才行。

在一人一狐的注視下，血色從半空中降下，一道道懸掛的人影出現在木棉樹梢。

相對於萬里的老神在在，青雪身上卻散發出緊張的氣息，本能告訴她，眼前的情形遠比上次凶險。

昨天傍晚，萬里之所以能順利將兩人帶出結界，很可能是因為對方沒預料到會有第三者出現，措手不及之下，才被萬里一擊得逞。

這次可不一樣了，展開的結界從一開始就將兩人籠罩其中，顯示對方完全沒有小覷萬里的意思。

青雪緊握雙手，狐火在掌心發燙。

——如果到了非不得已，就只能出手把樹燒了。

她暗自這麼下定決心。

正如所有妖怪的做法，比起素昧平生的人類學姐，青雪選擇優先保護自己的安全。

空氣漸漸緊繃起來，一人一狐就這麼各懷心思地警戒著周遭。

數十公尺內的景象，因為詭譎的氣息而歪曲、模糊，無數具垂吊的腐爛屍體，不斷散發著令人發噁的壓迫感，就連樹上的紅色繩環都如鮮血般怵目驚心。

萬里迅速掃視周圍，仔細尋找與吊死鬼事件有關的線索，青雪則隨時戒備著，以免錯過脫身的機會。

兩人拚命集中精神，極力尋找違和感的結果，就是同時忽略了致命、卻再尋常不過的事情。

呼吸變得困難。

原本以為是緊張和腎上腺素所造成的生理反應，直到窒息感湧上意識，萬里和青雪才終於回過神來。

「咳咳！」

「嗚……」

高大的金髮男孩和長著狐耳的短髮女孩，同時抓住脖頸，痛苦地喘息著。

大意了！

萬里勉強睜開眼睛，大口渴求著新鮮空氣，脖子上的壓力卻逐漸增加。

什麼時候中招的？

儘管情況一下子變得十分危急，萬里仍沒有失去冷靜。

愈是這種時候，愈是需要沉穩的思考。

金髮男孩閉上雙眼。

自從進入結界後，他們明明沒有絲毫鬆懈，卻還是在神智清晰的狀態下被套上繩環，這說明了對方很可能不是怨靈系的鬼物，多半只是型態類似。畢竟所謂的怨靈作祟，本就是死者將生前的怨氣發洩於生者頭上，在致人與死地之前，多少會將懷有憤恨的情感或記憶展現出來，像這樣一照面就下殺手的情形可不多見。

所以說……果然不是怨靈，而是妖怪？

另一方面，脖頸也被牢牢勒住的青雪可就沒這麼悠哉了，不論她怎麼用指尖使勁抓撓，那緇緊套頸部的妖氣就是沒有鬆脫的跡象。

兩個空蕩蕩的紅色繩環從樹梢垂下，像是在對陷入苦戰的一人一狐招手般，在冷風中緩緩搖晃。

眼看繩環就要往頭上套來，青雪顫抖著舉起手，一簇青焰從指尖竄出。

——沒辦法了，只能直接燒掉，顧不得那個學姐的魂魄了。

青雪的眼神中燃起決絕的火焰，在萬里能阻止前，飛速往木棉樹一指，青色狐火飛旋著、撲向垂掛著人影的樹梢。

接著啞然熄滅。

狐妖和人類同時瞬大眼睛。

那可是狐火，貨真價實的狐火，雖然青雪的修為實在不怎麼樣，但毫無效果也未免太誇張了些。如果不是有一定道行的妖怪，只憑一般鬼物或怨靈無憑無依的靈體型態，這一把火就足夠讓它們煙消雲散，和灰塵當好朋友去了。

脖頸的束縛終於加重到無法忍耐的地步，青雪無力倒下，黑青色的及肩短髮散落在校園中庭的灰石磚上。就連身心都經過嚴格鍛鍊的萬里，也禁不住壓力單膝跪地。

——這下糟糕了。

萬里暗叫不妙，意識漸漸模糊之下，他只能眼睜睜看著繩環愈來愈近，愈來愈近，緊勒住脖頸肌膚的粗糙觸感也愈發強烈……

等等，觸感？

萬里的精神微微一振，一個想法在腦海中漸漸成形。

「原來如此……」萬里勉強從牙關中擠出一絲話語，臉色因為缺氧而脹得發紅。

打從一開始，把林筱筠學姐遇害的事件當成吊死鬼作祟，本身就錯了。

這才不是什麼吊死鬼抓交替，所謂的鬼物本是無形無質的靈體，如果不透過幻術或精神力的話，根本無法影響人類。

也就是說，像這種物理層面的攻擊，基本上是做不到的。

「很好……」萬里摸索著口袋，掏出請神用的土地公公仔。

——既然不是鬼物，就得用其他方式應對了。

拚著最後一點力氣，萬里將隱隱發出金光的公仔往木棉樹扔去。

這一幕映入幾乎失去意識的青雪眼中，細微的流光從金髮男孩手中拋出，直奔掛滿人影的樹梢。

下一秒，無名土地神殘留的神力瞬間爆開，讓整個結界為之震動。

當然，這種程度距離打倒對方還差得遠，不過，如果只是爭取逃脫的空檔，卻已經足夠了。

兩人脖子上的壓力陡然一鬆。

「……楊萬里。」青雪咬牙低喊，被勒住許久的喉嚨像是燃燒般灼痛，讓她幾乎忍不住要乾嘔。

「走！」萬里轉身撲向狐妖女孩，一把將她攬入懷中。

和萬里強壯的臂膀比起來，青雪的身軀顯得相當細瘦，讓人一瞬間懷疑是不是會被這個稍嫌粗魯的動作攔腰折斷。

幸好沒有。

一人一狐順利地在原地一轉身。

在脫出結界的前一刻，理應靜止不動的木棉樹，發出了震耳欲聾的咆哮。張牙舞爪的樹枝剪影布滿校庭，幾乎將整個空間吞噬。

接著一切回歸寂靜。

萬里和青雪重重撞上地面，現實世界喧囂又汙濁的空氣緩緩流入鼻腔，平時總覺得難聞的氣味，此時卻意外地令人安心。

萬里撐起身體，大口大口呼吸著，被冷汗浸溼的瀏海垂落，將他的表情遮掩住。

——太大意了，差點連別人也一起牽連進來。

雖說勉強逃出生天，但剛才的情況實在太過凶險，讓萬里認真反省起自己有欠考慮的偵查方式。

青雪在金髮男孩的臂彎下像動物般縮成一團，標誌性的狐耳和尾巴隨著回到現實而消失無蹤，纖瘦的身軀在生命受到威脅的巨大壓迫感下，止不住顫抖。

「青雪同學，妳還好嗎？」萬里低聲問道，卻沒有得到任何回應。

空氣一片沉默。

「那個……站得起來嗎？」萬里直起身，向青雪伸出手，儘管自己也消耗了不少體力，不過拜籃球校隊嚴格的訓練所賜，他在身體狀況不佳的狀態下也能行動自如。

——總之先撤離現場再說。

這是脫險後，萬里心中閃過的第一個想法。

像這種引發特定現象的妖怪或鬼物，通常都有所謂的地域性，也就是無法在特定區域外產生影響力。因此在情況仍未完全明朗的現在，先迅速離開現場是最安全的做法。

要是眼前的狐妖女孩受了傷無法行動，萬里也做好了帶著她一起撤離的心理準備。

不過，似乎是沒那個必要了。

在萬里的注視下，青雪默默撐起身體，看也不看一眼金髮男孩伸出的手掌，就自己站了起來。

「……」狐妖女孩冷著臉，將沾上制服裙的灰塵拍掉，指尖卻在被勾破的黑絲襪前停了下來。

剛才倒地的時候，包覆著大腿的絲襪被粗糙的地面擦破了幾處，讓青雪白嫩的肌膚露了出來，雖然沒有因此受傷，但這下她的表情又變得更難看了些。

「呃，抱歉。」近距離目擊青雪極致不悅的臉龐，萬里不禁冷汗直流。

在他來得及出聲挽留之前，青雪就逕自邁開步伐，頭也不回地走向校舍。

給人家添麻煩了呢……

萬里對著狐妖女孩的背影低下頭，陷入反省之中。

作為守護者，自己果然還不夠成熟。不論是估量情勢的能力還是臨場判斷，都遠遠不到水準。

幸好無名土地神不久前剛被請來過，殘餘的力量沒有完全消失，這才用投擲土地公公仔引爆神力的方式，爭取到了寶貴的空檔。否則的話，現在被吊在樹上的，可能就不只林筱筠學姐的魂魄了。

萬里用力拍拍臉頰，振作起精神。

「去向后土大人報告吧。」

這次把作為攜帶型神體的公仔弄丟了，回去肯定得挨上一頓碎念。

話說回來……

萬里抬起頭，剛好看見青雪的身影消失在校舍之中。

到頭來，還是沒搞清楚她為什麼要在假日來學校，不過事到如今，萬里也沒那個臉去追問了。

「有機會再說吧。」

萬里無奈地苦笑，隨手把肩膀上黏著的棉絮撥掉。

第三章——貓死吊樹頭・參

「吃虧啦？萬里小子。」

金髮男孩才剛踏進小廟正門，無名土地神的聲音就從黑幕後傳出，語帶調侃。

「被很有意義地教訓了一頓呢。」才遭遇重大挫折的萬里倒是相當坦然，他把前殿中散落的軟墊聚集在一處，仰身躺下，讓漸感疲憊的身體稍作休息。

「哦？被教訓？說來聽聽。」聽到這個少年老成的守護者傳人難得吃了癟，無名土地神立刻提起了興趣。

萬里閉上雙眼，重新組織了下話語才開口。

「我去調查那棵木棉樹的時候，遇到了青雪同學。」

「那個狐妖小妹？」

「嗯，結果因為我的判斷失誤，差點把兩條命都丟了。」萬里摸了摸隱隱生疼的脖子，笑容中透出苦澀。「還好最後靠著后土大人的攜帶型神體成功脫身了，算是不幸中的大幸吧。」

「本神的神體？等等，你該不會弄壞了吧？那玩意兒做起來很麻煩的……」

「有意義的部分在於。」強行打斷無名土地神的詢問，萬里繼續說了下去，「至少可以確定對方不是鬼物，而是妖怪了。」

「……怎麼說？」

「問題在於實體感，在陷入結界的時候，我的脖子感覺被繩環般的東西套住了，那個觸感是貨真價實的。」萬里豎起一根手指，遮住了自己雙眼和天花板間的視線。「光是能製造物理上的影響這點，就足以證明對方並非怨靈或鬼物一類，多半是某種妖怪不會錯了。」

「有道理。」

「我在猜，妖怪的本體可能並不是吊死的屍體，而是木棉樹本身。」萬里放下手，撫著下巴思考著。「要說為什麼……」

嘿咻一聲，金髮男孩重新坐起。

「我在離開之前，在衣服上發現了奇怪的棉絮。」萬里拍了拍肩膀，像是在確認還有沒有沾上奇怪的東西一樣。

「棉絮？」

「沒錯，木棉樹的種子會在果實成熟後，和棉絮一起隨風飄落，算是植物的一種繁殖方式吧。沾在我身上的就是那種棉絮。」儘管算不上什麼用功的好學生，這種程度的知識萬里倒還能掌握。

「但現在應該不是木棉種子四處亂飄的季節才對，這麼一想，感覺實在很可疑。我在猜，那種棉絮或許是妖怪將人拉入結界的某種媒介，只要沾上就會中招之類的……」

「確實不無可能。」無名土地神平靜地聽著男孩的推理。

「按照這個推論，對方很可能是和木棉有關的妖怪，學校裡那幾顆木棉樹都有上百歲樹齡了，就算成精化妖也沒什麼好奇怪的。」萬里閉上雙眼，在腦內描繪著種種可能性。「青雪同學也說過，林筱筠學姐身上有腐爛樹木和妖氣的味道，由此可見，是樹妖的可能性很大。」

「如果真是這樣的話，你打算怎麼做？」

「真是這樣的話嗎……總之先想辦法把那妖怪退治掉，然後把學姐的魂魄回收吧。」

萬里掩住臉，用力吐了口氣。

光想就覺得是件苦差事。

「也許得面對有百年修行的樹妖哦？能處理得了嗎？萬里小子。」

「老套路，五行相剋，金剋木。」萬里翻身站起，原先籠罩在臉上的陰霾一掃而空，取而代之的是令人安心的笑容。

「您就等我的好消息吧，后土大人。」

「小心點啊，萬里小子，你還沒生孩子呢，不如在動身前先去上了那個狐妖……」

無名土地神才嘮叨到一半，原本放在地上的某個軟椅墊就重重砸在神壇上。

「我走啦，后土大人。」

收回前言，萬里此刻的笑容看起來有點可怕。

「注意安全。」遊說失敗，碰了一鼻子灰的無名土地神不禁有些鬱悶。

要是這孩子有他爺爺的一半風流就好了，也省得自己老替楊家擔心傳宗接代。

獨自走出廟門的萬里，自然不會明白無名土地神的一片苦心，事實上，現在的他正認真思索著自己是不是漏掉了某個細節。

腐爛樹木的氣味、夾雜其中的陌生妖氣，以及沾上衣服的棉絮，種種跡象都表明了這起事件很可能是樹妖在背後作祟。

不過，真有這麼單純嗎？

萬里隱隱覺得自己漏掉了某個很重要的東西，某個……足以左右事件走向的東西。

全心投入思考的結果，就是在某個轉角處迎面撞上了一道細瘦的身影。

和金髮男孩高壯的體格一碰，對方立刻失去平衡，幸好萬里眼明手快地伸出手，將差點向後摔去的人影一把拉住，這才沒有釀成更嚴重的事故。

「咦？」下一秒，萬里不禁微微睜大眼。

不久前才見過的狐妖女孩，與他四目相對。

「青雪同學？」

「吵死了，被撞到的明明不是你，有什麼好叫的。」青雪冷冷瞪著金髮男孩，講話依舊絲毫不留情面。

——妳怎麼會在這裡？

萬里張了張嘴，最後還是沒把這句話問出口。

也許是被跟蹤了？

「話先說在前頭，我可沒那個閒工夫跟蹤你。」一眼看穿萬里心中的猜測，青雪馬上露出嫌棄的表情。

「那……妳是怎麼找來這裡的？」萬里忍不住問道。

這間小廟可不是隨隨便便的人類或妖怪能找到的地方。

「味道。」青雪點了點自己的鼻尖，淡淡回答。

味道？

萬里愣了半秒，最後還是決定不在這個點上繼續深究下去，比起夜狐族的追蹤手段，他更在意青雪出現在這裡的原因。

印象中，兩人分別後，青雪就獨自前往高中校舍了，為什麼現在又突然折回來？

「青雪同學，妳有事找我？」萬里試探性地問道。

出乎意料的，青雪默默點了點頭。

「我想起來了。」

「想起什麼？」沒頭沒腦的話語，讓萬里一頭霧水。

「那個妖氣的味道。」青雪的神色嚴肅。

「啊，是在說木棉樹的妖氣嗎？關於那個，我猜大概是某種樹妖……」

「是貓的味道。」

「對，我也猜是樹精成妖……等等，貓？」萬里差點被自己的口水嗆到。

「沒錯，就是貓，嚴格來說，是死去貓妖的味道。」

萬里一時之間完全反應不過來。

「你聽過『貓死吊樹頭』這個說法嗎？」像是早就料到會有這種情況，青雪語氣平淡地開始說明。

「呃，我想想，記得是民間的風俗？說是貓死掉要將屍體吊在樹上，狗死掉要將屍體投入水中？」萬里依稀記得這個傳說。

「嗯，形式上是這樣沒錯，那麼你知道為什麼要這樣做嗎？」

「……不知道。」

「所以說現在的驅魔師啊……」青雪輕蔑地看了萬里一眼，讓很想反駁自己並不是驅魔師的金髮男孩閉上嘴。

「傳說中貓有九條命，所以退治貓妖時，需要將其肉身掛在樹梢上曝晒陽光，才能將其魂魄鎖住。」

青雪說到這邊就停了下來，似乎是打算讓萬里自己思考一下。

貓妖？為什麼突然提到貓妖？

萬里沉默下來，隱隱意識到青雪想說的事情，很可能就是自己所漏看的關鍵部分——造成整起事件充滿詭異違和感的部分。

「抱歉，我想不出來，請告訴我吧。」萬里思索了半天，最後還是搖搖頭，坦率地向狐妖女孩尋求解答。

對此青雪也沒有刻意刁難，她輕輕嘆了口氣，凝目望向萬里的雙眼。

「並不是樹精成妖，而是吊掛在樹上的屍體，全部都是貓妖。」

腦袋一下子沒有反應過來，萬里過了幾秒才處理完剛剛得到的資訊。

「那些屍體，全部都是貓妖？」

這還真是……始料未及的答案。

乍看之下，木棉樹上吊掛的身影全是人形，所以萬里從來沒考慮過這個可能性。不過要是貓妖一族也有基本的化形能力的話，這種理論也並非說不通。

「因為混了太多味道，貓妖的魂魄也都快散光了，才沒能在第一時間聞出來，這是我的失誤。」狐妖女孩恨恨地咬牙，似乎對自豪的嗅覺被迷惑而感到氣餒。

「等等，我還是沒搞懂，就算樹上全是死去的貓妖，那和這起襲擊事件又有什麼關係？」萬里皺起眉頭。

「問題出在那棵樹。」儘管一臉嫌麻煩，青雪還是盡可能進行說明。

「那棵木棉樹，應該曾經被某個驅魔師作為驅除大量貓妖的法器使用。殺死貓妖之後，把它們掛在樹上，這麼一來，就能阻止擁有九條命的貓妖再次復活。」

也就是所謂的「貓死吊樹頭」。

「原來如此，所以樹上才會有這麼多貓妖嗎……」萬里捂住嘴唇，仔細消化剛剛得到的資訊。

「是貓妖靈魂的殘渣。」青雪淡然說道。「真正的貓妖早就死光了，剩下的只是殘渣而已。」

「殘渣嗎……」

這樣的說法令人心痛，萬里不禁垂下眼簾。

「但有一點很奇怪。」青雪的嘴唇緊抿，像是遇到難解的問題，流露出猶疑的眼神。

「？」

「我不是驅魔師，不清楚儀式確切的流程，不過操作正確的話，那些死去貓妖的靈魂應該會完全消失，而不是像這樣殘留在樹上。」

「嗯，確實如此。」萬里的臉色漸漸沉了下來。

不論是有意無意，當初執行退治的驅魔師肯定沒將「吊樹頭」的儀式徹底完成，這才讓殘留下來的貓妖魂魄遲遲無法消散，變成一個個吊掛在枝頭的腐朽人形。

——那個缺少的步驟，釀成了此次的吊死鬼事件。

「那棵木棉樹的樹妖，恐怕就是受到死去妖怪的怨念和意識浸染，才會慢慢變成現在這個樣子，最後開始不分青紅皂白地襲擊人類吧。」萬里不禁有些感嘆。

難怪無論將之視為吊死鬼作祟、還是妖怪的襲擊事件都有諸多疑點，說到底，這本來就是「貓妖的靈魂殘渣」和「受怨念感染而生的樹妖」，兩者彼此疊合後產生的事件。

就像拼圖的兩個碎塊，分開看時不具任何意義，必須拼湊在一起才能一窺真實的面貌，彼此關聯，互為因果。

「如果真是這樣，這起事件可能就沒這麼好解決了。」萬里無奈地抓抓頭。

原本他是想把樹妖退治掉了事的，但如果木棉樹的力量源於死去貓妖的怨氣，光是對著樹妖下手恐怕沒什麼效果。一個弄不好，說不定還會把林筱筠學姐的魂魄賠進去。

想了又想，萬里決定尋求狐妖女孩的幫助。

「青雪同學，妳知道那些貓妖的來歷嗎？」萬里正色問道。

就他所知，要處理這種類型的妖怪只有一種方法，而這個方法，必須對殘留的死者怨念有初步的理解，才有可能成功。

「怎麼可能知道。」青雪淡淡地潑了萬里一桶冷水。

「嘛，也是啦……」

「不過，我找來了這個。」青雪抽出一本平裝書，在手上晃了晃，與文庫本小說差不多的大小，卻有著非比尋常的厚度。

「這是……地方志？」萬里讀了讀破舊封面上的印刷字體，不禁揚起眉梢。這還是他第一次看到有人持有這種東西。

「記錄了近幾十年的地方史。」狐妖女孩冷淡地說道，「第一次被拖進那個結界之後，因為很在意貓的味道，我就去找了資料。」

「妳該不會就是為了這個，才在假日跑來學校……」萬里這才恍然大悟。

「廢話，不然誰會沒事去學校的圖書館。」青雪別過頭，忍住想翻白眼的衝動。

兩人就讀的雖然只是一所平凡無奇的高中，圖書館的藏書量也很普通，但不知為何，學生們卻總能在需要時，找到各種稀奇古怪的書籍，這讓這所學校的圖書館甚至有了「無論什麼書都找的到」的都市傳說，不過那些都是後話了。

「妳看這個。」青雪攤開厚重的書本，啪啦啦地翻動紙頁，找到正確的章節後停了下來。

萬里的視線順著狐妖女孩纖細的指尖，滑落到稍微泛黃的頁面上，老式印刷的古板字體映入眼簾。

「貓抓熱？」

在大約七十年前，地方志記載了一件有關街貓傳染疾病的事件，在經過大範圍的撲殺後，才總算控制住疫情。

貓抓熱，是一種經由貓爪上附著的細菌傳播的疾病，症狀包括持續發燒、頭痛、倦怠和淋巴結腫脹等。人類接觸街貓被抓傷，就有可能感染此病，不過並不是什麼足以致命的惡疾，人和人之間也不會互相傳染。

「真奇怪……」萬里皺起眉頭。

「對吧。」青雪緊盯著金髮男孩沉思的雙眼，想看出這個土地守護者有多少斤兩。

「照這樣看來，要染上貓抓熱，至少得和街貓近距離接觸，然後被抓傷才對，不過貓咪這種警戒又膽小的動物，真會如此頻繁和人類接觸，甚至將疫情擴大到必須撲殺的程度嗎……？」

不錯嘛，無需提點就能一眼看出異樣。

青雪面無表情地點點頭。

「妳認為這起事件和木棉樹上的貓妖們有關？」萬里抬起頭，帶著詢問的眼神望向青雪。

「因為年份。」

「年份？」萬里狐疑地反問。

「我能透過氣味，大概判別出其他妖怪的道行強度，那棵木棉樹上散發出的不像上百年的成精氣息，只是約七十年修行的雜亂妖氣。」青雪指了指書頁上的年份欄。「那個時間點，剛好能對上地方志記載的貓抓熱事件。」

「哦……」

——感覺就像品酒一樣呢，喝一口就可以說出年份什麼的，說不定青雪同學意外的適合當品酒師？

萬里忍不住毫無緊張感地想著。

「楊萬里，雖然不知道你在想什麼失禮的事情，不過請先聽我說完好嗎？」青雪嘆了口氣。

「抱歉，請繼續。」

「總之我就著這個年份，去找了些資料，其中最弔詭又和貓有關的，就是這個了。」青雪用手指點了點書本，午後的陽光在紙頁上灑落。

「但書上的資料就只有這麼多而已，七十年前的事件，想打聽也不知道要找誰，不過如果是那個公仔土地神的話……」

「啊啊，我明白妳的意思了。」萬里舉起手，阻斷狐妖女孩的話語。

「但是不行。」

青雪瞪著金髮男孩，眼神冷了下來。

「楊萬里……」

「青雪同學，妳是想當面問問后土大人這起事件對吧？」萬里語帶歉意地說道，「平常的話可能還好辦，但現在攜帶用的神體扔掉了，所以暫時沒辦法安排妳和后土大人見面。」

「為什麼？」青雪皺起眉頭，遙遙指向小廟的位置。「那個公仔神，不就在那附近嗎？為什麼不帶我過去就好？」

——原來這個距離感知得到嗎？

萬里回頭瞥了眼隱隱散發神氣的院落，暗自在心中做了筆記。

「身為守護者，我有義務確保所有人、神和妖怪的安全。所以在確保青雪同學不會帶來任何危害之前，我都不能讓妳靠近后土大人的居所。」

「你認為我是會害人的妖怪嗎？楊萬里。」青雪的雙眼深處閃過一絲寒意。

「不，我不這麼認為。」萬里乾脆地搖頭，表情也不怎麼自在。「但這是必須遵守的規定，抱歉。」

雖然萬里給出的理由算是合乎情理，但不知道為什麼，青雪就是有種微妙的不爽感。她默默將書本往金髮男孩手中一塞，一句話也沒說便掉頭離去。

「等等，青雪同學！」才走沒兩步，萬里就出聲將狐妖女孩叫住。

青雪側過頭，毫不掩飾地露出「事到如今還有什麼好說」的表情。

「對不起，剛剛是我的說詞不太好。」萬里掩著嘴唇，神色間已經沒有剛才的掙扎。「如果妳能告訴我，為什麼要以學生的身分混入這座城市，我就帶妳去見后土大人。」

「……問這個做什麼？」

「和其他狐妖不同，夜狐族不需要採捕修練對吧？」萬里認真地說道，「但是青雪同學，妳卻選擇與人群一起生活，為什麼？」

這是一直在他心中盤旋的問題。不以陰陽採捕為修練手段的夜狐族，無須與人類為伍也能生存下去，但青雪卻反其道而行，選擇了風險更高的道路。如果不搞清楚她這麼做的目的，這個夜狐族的存在就難以令人放心。

只要青雪有一絲絲的機會危害到其他人類、妖怪的安全，萬里就不能坐視不管。

人類和狐妖互相瞪視了幾秒，最後青雪嘆了口氣。

「我來到這座城市、還有進入高中就讀的原因，都不能告訴你。」

「是嗎……」充滿阻絕意味的回答，讓萬里的眼神一凝。

「但是我能向你保證，只要不被騷擾，待在這座城市的期間我會盡可能保持低調，同時也不會傷害任何人。」青雪將手掌放上胸口，語氣平淡。

「以夜狐族之名起誓，這樣你滿意了嗎，楊萬里？」

沉默了一下，理解到對方已經做出某種程度讓步的萬里點點頭。

「那麼，我帶妳去見后土大人吧。」

「麻煩了。」

轉身領著青雪走進門，萬里再度回到小廟中。

比預想中還要簡陋許多的院落，讓狐妖女孩不禁瞇起雙眼。

「萬里小子？這麼快就回來啦。」查覺到回歸的金髮男孩，無名土地神發出詫異的聲音。「哦哦，還帶了狐妖小妹，果然有一套，如果你們想現在立刻進行傳宗接代的儀式，要本神暫避一下也無所謂……」

碰！

時速近百公里的軟墊準確砸中神龕，讓無名土地神瞬間閉上嘴巴。

「我一出去就遇到青雪同學，她好像有事想請教您，后土大人。」萬里臉上堆滿陽光燦爛的笑容，右手還維持著投擲的姿勢。

在這無言的壓力下，就連無名土地神也不禁狂冒根本不存在的冷汗。

「想問什麼事嗎？狐妖小妹？」

「我想知道有關這個貓抓熱事件的詳情。」青雪一邊開始後悔向這個態度輕浮的神明尋求幫助，一邊翻動書頁，找到地方志記載特異事件的章節。

「哦，這件事本神還有點印象。」無名土地神不負眾望地咂咂舌。

「那個時候萬里小子的爺爺百里小子，還因為這件事頭痛了很久呢。」

萬里和青雪互看了一眼。

——看來找對人了。

「大概七十年前，當時這個地方的掌權者，不知怎麼地觸怒了久居此地的貓妖族。雖說他們大多已經混過人類的血統，與其說是妖怪，不如說應該是流著貓妖血液的人類。總之……」不愧是鎮守這塊土地的神明，無名土地神鉅細靡遺地述說著多年前的事件。

「雖說只是約二十人的小家族，但貓妖一族的當家，運用了七十年前還隨處可見的街貓展開報復。被附加了妖氣的野貓像是抓狂一樣地攻擊人類，留下的傷痕久治不癒，還會讓傷者感染比一般症狀嚴重數倍的熱病。」

所謂的貓抓熱。

「面對妖怪的作祟，當時的掌權者找上了百里小子，也就是你爺爺。」

聽到祖輩名字的萬里神情複雜地點點頭。

「百里小子花了一番心思，才好不容易和貓妖族族長展開談話。其實對方也知道做過火了，就同意收手，不過掌權者對百里小子也不放心，另外又找了外地的法師來，這就是麻煩的開始了……」無名土地神嘆了口氣，似乎對當年的情況也覺得無奈。

「等本神和百里小子回過神來，那個外來的法師就把貓妖一族全殺了。因為貓有九條命的特點，為了防止他們復活，還把屍體吊掛在能曝晒陽光的大樹上，好像還設了結界掩人耳目，確切的地點和後續情況，本神就不清楚了。」

就是這個，這就是正解！

萬里和青雪迅速互看一神，同時點點頭。

「謝謝您，后土大人，這樣的資訊就足夠了。」萬里抬抬手，簡短打了招呼後就轉身走向廟門

輕輕將書本闔起，青雪朝神龕的方向微微低下頭，接著跟在金髮男孩的身後出去了。

「雖然不知道你們得出了什麼結論，不過，好好幹啊，年輕人。」無名土地神輕鬆

的喃喃自語，隨著黑幕的飄動迴盪在小廟中。

「楊萬里，你在想什麼？」看著身旁已經沉默了好半晌的金髮男孩，青雪淡淡地問道。

「我在想，都已經是七十多年前的事，為什麼現在才引起事件？而且，為什麼是攻擊妳和林筱筠學姐？」萬里將手掌放在自己嘴唇上，露出沉思的神情。

「可能只是妖氣潛移默化之下，經過多年到了臨界點，終於連當作封印的木棉樹也成妖了吧。」試著用單純的邏輯做出分析，青雪迅速動著腦。「會襲擊我，也許是因為我身上也帶著妖氣。」

「確實，智力較低的妖怪，還存有吞噬妖氣比自己低下的個體來成長的這個本能。但第一個下手的目標是那個學姐，有點不可思議。」萬里咂咂舌，難以理解的表情爬上他的臉龐。

「誰知道呢。」青雪木然地回答。

對她來說，這種事件原本是自己最不想淌渾水的類型，光是前面的一連串行動，就已經超出青雪平常的行事作風了。

實在也沒必要再繼續深究下去，何況那個同校的學姐更是與她素不相識。

大概是妖怪血統的天性使然，青雪對周遭的一切，往往抱持著漠不關心的態度。這次要不是對方直接惹到她頭上，青雪可能連管都懶得管。

再加上，身邊這個人類……

狐妖女孩銳利的眼神直直刺向萬里。

明明看起來就是個頭腦簡單、四肢發達的笨蛋，在學校裡除了擅長的籃球運動外，就只是個成績平平的普通高中生。沒想到，卻有辦法單靠肉眼就看穿妖怪的結界，還跟神明有交情。

——這個叫做楊萬里的人類，到底還藏著多少底細？

比起吊死鬼事件本身，青雪對這個問題抱有更大的興趣，這也是她一路跟過來的主因。

「總之，必須把學姐的魂魄先救下來，然後那個妖化的木棉樹、還有貓妖族殘餘的怨念和妖氣，也不能放著不管……」光是點著手指數數要達成的目標，萬里就忍不住頭痛。

「你有什麼解決方法嗎？」青雪插口問道。

「方法也不是沒有，只是成功率和難度都讓人擔心……」萬里無奈地搖搖頭，一邊唉聲嘆氣、一邊舒展肩膀的僵硬肌肉。「不過現在也實在沒有繼續拖下去的餘地了，我得回去拿一點東西。」

「驅魔用的法器？」青雪瞇起眼睛，嘴唇微微掀動，吐出那幾個最被妖怪痛恨的字眼。

「不是這麼了不起的東西啦，又不是真的驅魔師。」萬里苦笑著揮揮手。

「……是嗎，那麼之後應該沒我的事了，你就好好加油吧，楊萬里。」青雪冷淡地別過頭。

身為妖怪，她已經插手太多了。

「沒問題，接下來就交給我吧。」萬里展開沉穩的微笑，向青雪揮手道別後，就朝自己家裡的方向前進。

走走走。

「……」

走走走走走。

「…………」

走走走走走走走。

「……那個，青雪同學？」

「有什麼事嗎，楊萬里？」青雪面無表情地說著。

「妳一直跟著我做什麼？」萬里的嘴角抽搐著，笑容有點僵硬。

不是說了不幫忙嗎？為什麼還一直跟上來散發存在感啊！

萬里罕見地在內心中大叫著。

「沒事，你可以不用理會我。」

「怎麼可能不理會啊……」

被一個陰沉的女生跟著，誰還有那個閒情逸致回家啊。

萬里嘆了口氣，停下腳步，青雪見狀也停了下來。

「說吧，妳想做什麼？」

——總不可能，是想知道別人家地址之類的變態行徑吧……

萬里抱著姑且一問的心態回過頭。

「我只是想看看，你要用什麼方法對付那個樹妖。」青雪淡淡說道。

「啊，原來是這樣嗎……」

——也是，眼前這個看似嬌弱的女孩，本體可是不折不扣的妖怪，會想了解人類驅除其他同類的手法也算滿正常的……應該吧？

萬里這麼想著。

「順便記一下你家的地址。」

「咳咳咳！」

「開玩笑的。」

「原來妳也是會開玩笑的嗎……」被狐妖女孩用言語耍得團團轉，萬里不禁苦笑。

雖說自己是無所謂，但畢竟家裡還有其他家人，要公然把一隻妖怪帶回去還是有點……

「要跟過來的話可以，但盡量別讓人發現妖怪的身分。還有，等下妳得在外面等，不能進去屋裡。」保險起見，萬里決定先約法三章。

「知道了。」青雪依然保持著八風吹不動的平淡表情。

——這樣就行。

萬里點點頭，他一向是個思想開明的人，對妖怪沒什麼特別的成見，所以就算青雪的形跡再怎麼可疑，又對自己的目的三緘其口，萬里還是不打算退治她。

這是他溫柔的地方，而某方面來說，卻也是最令人擔心的部分。

人類和狐妖，一前一後走在空蕩蕩的街道上。

青雪偷偷瞄了眼萬里的背影，眉心微蹙。

這男人，也太沒警覺心了吧？

雖說是這邊先提出同行的要求，但身為人類，居然如此輕易就讓陌生的妖怪知道自己的住處，未免也太粗神經了吧？

究竟他是因為隱藏著過人的驅魔實力，才如此富有餘裕，還是真的神經太大條？

青雪暗自在內心琢磨著，卻遲遲沒有答案。

「啊，前面就是我家了，妳在這個轉角等一下吧。」完全沒有察覺狐妖女孩心中的想法，萬里指著不遠處的住宅區說道。

青雪點點頭，乖乖地停下腳步。

「大概五、六分鐘就好，這段時間請不要亂跑哦，青雪同學。」

「……好。」

萬里暫時揮別狐妖女孩，獨自轉進巷口。

楊家坐落於一整排制式住宅的其中一戶，儘管所占面積不大，就連建築本身也是飽經風霜的模樣，整體環境倒是維持得相當整潔。

金髮男孩掏出鑰匙，輕輕推開門。他的房間就位在一樓玄關旁，所以要在不被任何人發現的情況下進出，可說是相當容易。

「我回來了。」

低聲向屋裡報備後，萬里躡手躡腳溜進自己的房間，將門板悄悄關上。

美國職業籃球的明星隊海報貼在牆上，床頭則掛著高中球隊的球衣，如果不仔細看的話，可能會以為這個空間的主人，就只是個單純熱愛運動的普通高中生。

直到楊萬里若無其事地從木櫃中抽出刀。

說是刀，其實也不過是日本劍道中用來練習的木刀。沒有護手、一體成形的樸素造型，和保養得宜的烏黑色澤，在在散發著純粹的美感。

儘管有著裝飾品般的外觀，但這把刀實際的重量遠比外表還沉重許多，若不是擁有相當的臂力，要將之舉起揮舞恐怕沒這麼容易。

仔細檢查過刀身的狀態後，萬里將黑溜溜的木刀收進背袋，探手拉開書桌抽屜，開始翻揀裡頭的紙張。

符。符。符。符。符。符。符。符。符。符。符。符。符。

一張張薄紙飄揚在空中。

萬里翻找了半天，才挑出幾張符紙塞進牛仔褲口袋，做好準備後，他站起身，將裝著木刀的長背袋甩上肩。

喀搭，金髮男孩轉動門把，卻在即將踏出房間前驀然停下腳步。

「把青雪同學的份也帶著好了……」自言自語著，萬里再度拉開抽屜，探進深處。

第四章——貓死吊樹頭・肆

秋風掃落葉。

距離說好的五分鐘，時間已經所剩無幾。青雪背靠著住宅區的圍牆，百無聊賴地用腳尖踢著地面的石頭。

如果由自己單獨對上那個樹妖，勝算有多少？

沒有掙脫結界能力的自己，就算現在知道妖氣來源是貓妖族的魂魄，僅憑著狐火能贏嗎？

狐妖女孩撫了撫自己的脖子，那股僵硬的窒息感仍然縈繞不去。

要是當時萬里不在身邊，結果可能就不會是現在這樣了……

陷入沉思的青雪，直到一道高大的身影遮住了光線，才終於回過神來。

「久等了，青雪同學，我們走吧？」萬里的臉上帶著微笑。

太陽朝西方努力前進著，距離正午已有一段時間，金髮男孩在前往學校的路上表示，希望能在傍晚前解決事情。

因為黃昏，是所有妖怪的力量最容易顯現的時刻。

遠在東洋島國的人們，替這個特別的時間取了個名字。

逢魔之時。

「又稱作『大禍時』。傳說中，妖魔會在這個時間混在人群中出現，也是夜晚的開始，因此得名。」萬里隨口解說著，長長的背袋掛在肩上搖晃。

青雪默默聽著，沒有做出任何回應。

懼怕黑暗是人類的本能，同樣的，尋求陰影的庇護，也是妖怪的本能。因此在這個日夜交接的時刻，剛好是人類準備趨避、妖怪開始活動的重合之處。

只是隨著人類文明日益發達，「逢魔之時」已經被漸漸淡忘。燈火通明的夜晚，只是另一個白天的延伸，許多人甚至演變出晝伏夜出的生活習慣。

黑夜似乎已經不再完全由妖物掌控了，但「逢魔之時」的特性依然保留在生活的角落中。

許多不尋常的事件，皆始於黃昏。

不知不覺，人類和狐妖，再度站在校門口聳立的三棵木棉樹前。

「好，時間還很充裕。」萬里拿出手機看了看時鐘，將背袋從肩上拿下。

「楊萬里。」

「嗯？」金髮男孩聞聲抬頭。

「你打算怎麼做？」青雪盯著他，年輕的驅魔師──雖然他堅稱自己不是──身上，似乎沒有什麼了不起的東西，長背袋裡面散發出的氣息也平平無奇，不像是藏有什麼神兵利器的樣子。

萬里整理了一下思緒。

「我打算執行當初那個驅魔師忽略掉的最後一個步驟，把『貓死吊樹頭』的儀式完成。這麼一來，貓妖族殘留的妖氣和怨念就會消散掉，我們才能回收林筱筠學姐的魂魄。最後只要把那隻樹妖打倒就行了。」

聽起來挺頭頭是道的，不過……真的會這麼順利嗎？

看著青雪滿臉狐疑的樣子，萬里不禁苦笑。

其實他心裡也沒什麼底，畢竟自己擔任守護者的資歷尚淺，這種怨靈、妖怪的混合體還是第一次碰上，要說有十足的把握肯定是騙人的。

——不過，也只能幹了，留給林筱筠學姐的時間可沒想像中多。

萬里抬起頭，仔細觀察著眼前的情況。

木棉樹靜悄悄的，渾然沒有之前張牙舞爪的狠勁。

金髮男孩抓抓頭，對於毫無動靜的妖怪有些傷腦筋。

不出來嗎？明明之前都這麼活躍，這樣下去，萬一被拖到晚上可不太妙。如果還想救出學姐的魂魄，就必須抓緊時間。

萬里抽出木刀，順手將背袋丟到一旁。

「嗯？怎麼了嗎？」感受到旁觀的狐妖女孩投來好奇的目光，萬里回頭問道。

「……沒事，我聽說以前都用桃木劍。」青雪別開視線。

「哦，妳說這個啊？」毫不費力地揮了揮刀，萬里一派輕鬆地回答，「我自己覺得這種形狀比較順手，而且其實效果差不多。」

青雪點點頭表示了解，接著退開兩步。

「你可以開始了，楊萬里。」

按照她對驅魔師的想像，此時應該會布個五行陣、八卦陣之類的，把樹妖從結界中逼出來，但萬里手上不像帶了這麼多器具的樣子。

究竟會用什麼手法？

青雪屏氣凝神，生怕漏看了任何一絲細節。

萬里提著木刀，快步走到木棉樹下。眼看靠近到這個距離樹妖都沒有反應，他只得嘆了口氣，稍稍調整站姿後，猛力朝前一踏。

木刀的刀刃被高高揮起——

唰啪！

空氣切開、木頭相互撞擊的響亮聲音，在空蕩蕩的校園中庭迴盪。

青雪愣愣地眨了眨眼。

萬里收回木刀，滿臉冷靜地評估著效果。

這個男人……

狐妖緊握的拳頭微微顫抖。

這個男人是在搞笑嗎！

「楊萬里……你該不會以為，用力毆打樹幹就能把樹妖逼出來吧？」一抹青光閃過青雪的眼睛，覺得感情受到欺騙的女孩，怒氣幾乎要勃然爆發。

萬里回過頭，似乎想要說些什麼，還未脫口的話語被當頭罩下的寂靜打斷。木棉樹發出的無聲怒吼貫穿耳際，令空氣為之震動。

青雪皺起眉頭，舉手掩住耳朵。

這種亂來的引妖方式，還真成功了啊……不管哪邊都是，這個世界的笨蛋還真是多到氾濫呢。

沒有查覺到青雪複雜的心情，萬里下意識地繃緊全身神經。

面對這種來歷不明的妖怪，只要稍有鬆懈，就很容易陷入危險，這點他從上次差點全軍覆沒的經歷中學到了教訓。

更何況，現在的他可不是只背負了自己的性命……

隨著枝枒間一道道吊掛著的人影出現，萬里的目光也定在某個被紅繩環綑綁的嬌弱身影上。

林筱筠一頭及背的烏黑秀髮垂落而下，將半邊臉龐蓋住，長長的睫毛緊閉著，讓人分不清她目前的狀態。

儘管如此，萬里還是從女孩那若隱若現的身軀輪廓，以及沒有半點血色的肌膚，做出了初步的判斷。

——如果要用百分比做比喻的話，學姐現在的生命力，恐怕只剩下原本的一成不到。要是來得再晚一點，樹上的腐朽人形怕是要再多加一人了。

萬里一邊冒著冷汗，一邊抽出符咒揉成一團丟進嘴裡，完全不給樹妖機會封住他的呼吸。

至於青雪那邊……

萬里轉身跑了過去，也抽出一張符咒。

「來不及解釋了，別動啊。」

在狐妖還來不及反應過來之前，金髮男孩啪的一聲，將紙符豪邁地貼上她的額頭。

青雪的額角爆出一條青筋。

雖說用貼的效力比較差，不過要萬里當場說服一個妖怪把符咒扔進嘴裡，還是太強人所難了點，反正應該會是場速決戰，就不計較效力長短了。

萬里心安理得地轉身跑回去，渾然不知這個出自貼心的舉動，已經深深惹毛了某位狐妖。

當然，光是防禦無法真正解決問題，符咒免疫的效果也不能維持太久，必須抓緊時間實行退治工作。

首先得把「那個步驟」完成，清除貓妖族殘留的妖氣和怨念才行。

按照事先擬定的計畫，萬里抽出第二種符咒，面對纏繞著黑氣的木棉樹，大步上前。

樹梢的一道道黑色人影像火焰般燃燒起來，黯淡無光的火苗蔓延在枝椏間，像是整棵樹都吞吐著火舌。幾乎使人窒息的扭曲怨念如海嘯般高漲，朝金髮男孩襲來。

「抱歉了，我對你們遭遇的事情感到遺憾，讓我替你們解開過去的枷鎖，為你們分擔一些痛苦。所以，安心地睡去吧。」萬里的神情莊重，喃喃念著不像咒語的詞句，接著一揮手，讓不知何時燃燒起來的符咒飄揚在半空中。

一旁的青雪不禁皺起眉頭。

那種亂來的咒詞也能啟動「咒」？記得不是要念什麼急急如律令之類的嗎？

她一邊在內心吐槽，一邊認真考慮著要不要把額頭上的符咒撕下來。

確認符紙的咒力徹底揮發在空中後，萬里雙眉一豎，一改平常悠哉的態度，換上前所未見的認真表情。

金髮男孩銳利的目光穿過飄落的符紙灰燼，深深望進了纏滿黑炎的木棉樹。

——讓我看看吧，看看你們的回憶。

萬里的雙唇無聲地蠕動，喃喃念著細碎的話語。

——那個無止境的噩夢，由我楊萬里來承擔一半！

符紙燃燒的餘燼，和貓妖魂魄的火焰重疊在一起。

萬里身邊的景物像老照片般迅速褪色，以他為中心高速旋轉著。

他閉上雙眼。

木棉樹上，一簇簇的黑色火焰彷彿被強風吹襲，朝萬里的方向拚命伸展，將他包圍、吞沒。

接著睜開眼。

像是隔著一層水幕，模糊但嘈雜的聲響傳入耳中。

攤販。人。攤販。人。攤販。人。碎石。大樹。碎石。屋瓦。攤販。人。攤販。人。攤販。人。攤販。人。

數十年前的低矮房屋，與仍然鋪著碎石的道路在眼前展開，當時已經成長茁壯的三棵木棉樹並排立於環形市場中央。

販賣蔬果肉類的攤販彼此錯落、沿著圓環一路排開，形成一幅擁擠卻亂中有序的景象。

黃昏的人潮在市場中川流不息，叫賣、議價、喧嘩、談天，交錯的話語聲在空氣中互相碰撞，發出震人鼓膜的背景音。

萬里淡然地掃視周遭。

像是固定了焦距一樣，除了視野正中央正低頭行走的嬌小女子，其餘的景色全都模糊不清。

因為這是屬於她的記憶。

她的怨念。

萬里邁步跟了上去。

年輕女子留著一頭深色的齊耳短髮，身上老舊的和服在人群中毫不起眼，烏溜溜的大眼睛和隨時警戒著周遭的眼神，以及小心翼翼的腳步，讓人感覺她隨時都會被一絲風吹草動嚇得拔腿就逃。

就像潛伏在街頭巷尾的野貓一樣。

女子的身影在夕陽映照下拖得老長，不過，周遭的人卻沒有注意到夾雜在碎石路面間的異樣，依舊維持著往常的喧鬧和活力。

萬里轉回目光。

那是妖怪的影子。

三角形的尖耳從人影頭部突出，搖晃著的長尾巴垂掛在臀部後，一搖、一晃。

正確來說，那是貓妖的影子。

萬里亦步亦趨地跟在貓妖女子的後面，繼續行走在褪色的回憶中。

和服的下襬一路拂過市場各處，滿是汙水漬和殘缺菜葉的碎石路面，在她警戒的小碎步下一一向後退去。

女子手中提了一個麻布袋，每當看到肉販的砧板邊出現不要的碎肉或內臟時，她都會雙眼發亮，小心翼翼地湊上前低聲詢問是否可以拿走。

大部分時候，都會招來一陣失禮的辱罵，或是不耐煩地揮手驅趕。不過偶爾也會有人帶著理解的眼神，將不需要的破碎肉品轉讓給她。

萬里用木刀的刀身敲著肩膀，看著女貓妖一次一點地將碎肉放入麻布袋，漸漸把它填滿。

總算累積了足夠的量，穿著和服的女貓妖就踏著輕快的步伐離開市場，最後一點夕陽在她的腳下拉出長長的影子。

畫面淡出。

成群的街貓湧了上來，各種花色、體型的貓咪，一看到穿著和服的嬌小身影從街口轉出，便炸鍋般地喵喵亂叫。

「嘿咻。」貓妖族女子費勁地將麻布袋放下，發出可愛的聲調，接著把布袋口打開。

「來吧，開飯了啊哇哇……」她還來不及把話說完，就被蜂擁而至的街貓群淹沒。

嬌小的貓妖族從一開始的手足無措，漸漸轉為溫柔的表情，一隻隻地撫摸邊吃邊喵喵叫的小貓們。

幸福的光輝映照在萬里眼中，讓他不禁輕輕嘆了口氣。

只要是明眼人都知道，故事顯然不可能這麼簡單。

幾道沉重的草鞋聲響從街角靠近。

女貓妖影子上的貓耳警戒地動了動，寬大的和服袖子悄悄飄了起來。

萬里回頭看了一眼，約莫三、四名面貌模糊的男人，氣勢洶洶地走了過來。他們看也不看金髮男孩一眼，就這樣穿過他無形無質的身軀。

「喂，臭女人！」

隨著其中一個男人的大喝，街貓們紛紛散開逃遁，剩下幾隻比較貪吃的，也在他們用力踏地和持續不斷的喝斥聲下，轉身竄入暗巷。

嬌小的女子維持著蹲在地上的姿勢，一動也不動，吃剩的碎肉和內臟撒得到處都是。

「喂！不是說過好幾次了，不要亂餵那些貓。真是……妳看看，有夠不衛生的！」

男人們圍了上來，環視著一片狼藉的街道，殘留的貓腳印和四處飛濺的肉屑，讓他們忍不住皺起眉頭。

「我再說一遍，聽著，臭女人，別再餵那些野貓了，萬一牠們有什麼傳染病還是傷到孩子怎麼辦？妳這樣把垃圾倒得到處都是，等一下孳生蒼蠅蚊蟲就不妙了，有聽懂嗎？」其中一個男人蹲下來，湊在嬌小女子旁邊，不耐地伸手拍打她的臉。「聽懂了就應一聲啊，喂！難道妳是腦袋有問題不成？」

女貓妖垂下目光，避開男人們咄咄逼人的雙眼。

「嘁，每次都要處理妳這種神經病搞出的垃圾事，真是……」

眼看女貓妖遲遲沒有做出回應，帶頭的男人滿臉晦氣地啐了一口。

「在那些爛肉發臭之前，給我把這邊清一清，聽到沒？」男人更用力地拍了一下她的臉頰，接著便起身招呼伙伴們離開。

數雙草鞋毫無顧忌地從滿地碎肉上踩過，讓原本就四散的肉末又變得更稀爛了。

「以後再發生這種事，我們就把那群野貓全部處理掉了，妳最好識相一點。」

丟下這麼一句後，男人們就揚長而去，留下女貓妖獨自跪坐在漸漸昏暗的街道上。

正當萬里思考著畫面什麼時候會再度跳轉時，嬌小的女貓妖默默起身，開始清理一團混亂的路面。

手邊沒有合適的工具，她只能用指尖將散落的肉屑撈起，慢慢收集成一堆，原本就不算順利的撿拾作業，隨著漸漸轉暗的天色，又顯得更加困難起來。

女貓妖咬緊牙關，努力動著雙手，即便指縫、掌心全被肉末和汙漬沾滿，她也沒有停下動作。

萬里嘆了口氣，遺憾地搖搖頭。

這些弄髒的碎肉，應該也很難當作食物了吧，她這一個下午的苦心，可說是全都白費了。

到黑夜正式降臨，女貓妖才好不容易把街道給清理乾淨。儘管纖細的十指早已汙穢不堪，她卻沒有因此散發負面情緒，只是靜靜地將麻袋費力地甩上肩膀，悄悄離去。

視線的邊緣模糊成一片，萬里眨眨眼，跳到下一個場景。

貓妖女子走向一幢低矮的日式平房，黯淡的燈火映照在老舊的門板上，替周遭添上一絲暖意。

為了避免作為出入口的拉門損壞，貓妖女子盡量小心地輕輕拉開門。

室內被陰影占據。

她將麻布袋隨手放在玄關口，一雙靈活的大眼環視著周遭，似乎在尋找什麼關鍵的異樣。

一陣寒風襲來，女子齊耳的黑色短髮為之飄揚。

「牧薊，妳又去餵那些街貓了？」成年男子低沉且無奈的聲音，穿透黑暗傳了過來。

萬里看了眼明顯慌張起來的貓妖，在心底確定她的名字就叫牧薊。

「抱、抱歉……」牧薊彎腰致歉，將頭深深低下。

藏身於黑暗之後的人物疲憊地嘆息。

「雖說那些孩子確實很可憐，依照我族和牠們的淵源，幫忙一把也是應該的。但引起街坊鄰居反感，很容易影響我們在此地的安寧生活，萬一出了什麼意外，我可沒辦法和族人們交代……」

牧薊烏溜溜的雙眼中透出沮喪，聲音的主人見狀，語調也緩和下來。

「我族近些時日的經濟狀況不是太好，實在負擔不起街上那些孩子的伙食費，讓妳到處去籌措食物，辛苦了，牧薊。」

「抱歉，牧野哥哥，到了這個時節，貓兒們都很難覓食……」牧薊不甘心地別過臉，影子上，尖尖的貓耳無精打采地垂了下來。

被稱作牧野的男性貓妖放柔語氣，低聲安慰著族妹。

「總之，這件事情不要和族裡的其他人說，也盡量別和村子的人類起衝突。飼料的事情我會再想辦法，妳最近行事先低調一點，好嗎？」

「好……」

被軟語訓斥了一番後，牧薊也安分下來，她瞇起雙眼，一仰頭間，一陣黑霧湧出，和成年女子一般大小的黑貓向室內飛竄，融入宅邸深處的陰影中。

畫面再轉。

萬里跟在牧薊身後，穿過長長的走廊，從她身上的和服樣式能判斷，自從餵食街貓、和人類起衝突以來，應該又過了幾天，牧薊沒有維持妖怪的型態，而是使用偽裝出的人形。

紙門後面的大房間傳來眾多妖怪的氣息，牧薊像是潛伏著接近獵物的貓，躡手躡腳地靠近，最後蹲在門邊。

影子上的貓耳動了動。

「牧野，你妹妹的情況怎麼樣？」紙門後傳來和牧野的語調相似、卻又更低沉幾分的聲音。

「還是一樣，三不五時就跑去餵貓，明明已經警告她很多次了……這種我行我素的個性，和母親大人真像。」牧野的語氣中充滿無奈。

「現在財務吃緊，也沒辦法分出人手管她，那孩子就交給你照看了，別讓她惹出無法收拾的事情就好。」

「我知道了，父親大人。」牧野的聲音再度傳來。

牧薊雙手抱著膝蓋，整個人縮成一團。

紙門另一頭的大房間裡頭，貓妖族的幾個高層繼續討論族內的各項事宜，但聲音卻模糊不清。就算萬里努力豎起耳朵，也聽不到其中的內容，看來是壓根不存在牧薊的記憶之中。

女貓妖沒有繼續待在那裡，消沉了片刻後，便安靜地溜開了。

牧薊和萬里一同走過外廊，傾盆的雨勢正從空中降下，重重砸在庭院中裸露的土壤上。強烈的水氣入侵嗅覺，讓她忍不住皺起鼻子。

這個時節，本來就會連續幾天下起傾盆大雨，算算時間，這應該就是雨季的開頭了。之前的乾季實在持續太久，不但當期的作物生長不好，就連水圳都幾乎要乾涸了，這才讓以農作為本業的貓妖族，受到了經濟重創。

所以這時候的天降甘霖，應該是讓人感到喜悅的狀況，不過……

「那些孩子們……」像是突然想起什麼事，牧薊猛然抬頭。

記得東邊三街的街角，有隻母貓不久前剛生了一窩幼崽，一家子藏身在某個下凹的土洞裡。按照這個雨勢，村落的低窪處沒多久就會被雨水淹沒，還沒成熟的小貓不可能熬過的。

就算貓媽媽及時將寶寶們叼出土洞，也沒有地方可去，只能在外頭淋雨，直到身體失去溫度，如此一來還是逃不過喪命的結果。

深知這一點的牧薊，在意識過來的瞬間就邁開腳步直衝屋外。顧不得滂沱的大雨和泥濘的地面，女貓妖撥開從天而降的綿密水幕，消失在視線之外。

一股強大的吸力從身後傳來，將萬里拉回貓妖族召開會議的房間外。

金髮男孩微微皺起眉頭。

他一直以為只會看到牧薊的過往記憶，沒想到其他貓妖族成員的殘留意識，也能在這種狀況下顯現。

成年男子低沉的聲音再度傳來。

「父親大人，最近村裡來了個奇怪的男人，身上夾帶著討厭的氣息，很可能是驅魔師或其後裔，我懷疑我族藏身於市井的事情被發現了。」牧野壓低聲音，一個個字詞透過薄薄的紙門掉落在地。

長者的聲音沉吟著。

「有和楊百里先生提過這件事了嗎？」

聽到自家爺爺的名字，萬里立刻豎起耳朵。

「還沒有，那個年輕人近期被太多事務纏身，光是處理那些就快忙不過來了，我認為沒必因為這種捕風捉影的事情去打擾他。」

「說得是……」貓妖族長者嘆了口氣，「那就先擺一邊吧。我族數十年來定居於此，與人類相安無事，應該是不至於出什麼岔子，保持最低限度的警戒就好。」

「好的。」牧野的答應聲悶悶地傳來，在空氣中蕩漾出一波充滿不確定感的漣漪。

萬里沉默地看著周遭的顏色漸漸消褪，與景物輪廓混在一起，模糊成一個大漩渦。

場景再度轉換。

天氣晴。

嬌小的貓妖女子穿著和服，一如往常地步行在碎石路上。她的嘴角隱隱透出一抹笑意，讓整體畫面產生了微妙的異樣感。畢竟牧薊平常維持著木然的表情習慣了，突然展露的笑容連她自己都有點不習慣。

不過那個笑容相當美麗，耀眼得讓人難以直視。

萬里沒有笑，前面的鋪陳早已完備，他知道事情差不多該發生了。

遠遠的街頭轉角處，幾個孩童奔跑嬉鬧著。

牧薊的腳步猛然停下。

在那個下雨的夜晚，她與貓媽媽成功將一整窩小貓救出，轉移陣地到了這個廢棄的舊雞舍。雖然雜草叢生，但至少有遮風避雨的棚子和掩蔽用的半塌圍牆，以街貓的住所來說，已經是不可多得的好地點了。

那群小孩吵鬧的位置，就在小貓們藏身的舊雞舍前。

萬里默默將眼神別開。

幾個小毛球像是斷線般，在空中被拋來拋去，連喵喵叫的力氣都失去了，母貓倒在路邊，腥紅的顏色在牠的腦袋下流淌。

牧薊向前走了一步、兩步，腳下影子的貓耳朵顫抖著。

她拔腿衝了上去。

「住手！你們在做什麼！」牧薊罕見地放聲大喊，脹紅著臉撲向幾個人類小孩。

見到有擾亂者，孩童們一哄而散，只有某個反應較慢的男孩被牧薊一把抓住手腕。

「你……你們……」牧薊一時之間氣得說不出話，碎石路上散落著小貓們奄奄一息的身體，還有流失大半血液的母貓。

「放開我！我知道妳，妳是那個撿垃圾餵貓的女生！」小男孩一面掙扎，一面對著牧薊大吼，「我爸爸說妳有病，走開！別碰我！那些貓是骯髒的妖怪，是惡魔！我們只是把牠們除掉而已！」

啪！

清脆的耳光響徹雲霄，牧薊揮起的手掌讓小男孩的腦袋一偏。

下一秒，一個粗大的拳頭就重重轟在牧薊臉頰上，嬌小的和服女子被打倒在地，連滾了兩、三圈。

「敢打老子的兒子，不要命了嗎瘋女人！」

高大男人的陰影遮住了陽光，頭部遭受重擊的牧薊眼冒金星，一時之間站不起來，只能用雙手死命撐著地板，鮮血從她的嘴角滑下。

剛才虐殺貓咪的男孩，也還留在被賞了一巴掌的震驚中，遲遲沒有緩過神。

「老早就告訴過妳別再餵貓了，那些貓就是髒亂和流行病的源頭。之前不聽警告就算了，這次居然還對小孩動手，真是好大的膽子啊！」

「嗚……」牧薊朝上怒瞪著。

曾經阻止她餵食街貓的男人冷哼一聲，寬大的草鞋重重落下，把好不容易抬起頭的貓妖再度踩回地面。

「不過是個什麼也不懂的女人，少在那邊自作聰明，罩子給我放亮點啊。」

一團濃濁的口水，對著倒地的牧薊飛來，一大一小的腳步聲輾過碎石路徑，漸漸遠去。

地上的影子憤怒地搖晃著，如燃燒的篝火。

牧薊沉默地爬起身，儘管她沒有動手拍拂，和服上的塵埃卻簌簌落下。

即使知道只是記憶的殘影，萬里仍然感覺到背脊爬上一股涼意。

畫面再度回到貓妖一族的住處，大門被轟然推開，面無表情的牧薊站在黑暗的玄關前。

「……牧野哥哥。」

「我在。」

即使語調保持平靜，牧野的畏懼還是隱隱透了出來。

「人類，真是一種討厭的生物呢。」牧薊的眼中閃爍著眼光，她垂下視線，晶瑩的淚珠從臉龐滑落。

「……妳想做什麼？」

牧薊沒有回答，只是默默走進屋內，與黑暗融為一體。

「應該說，我們應該做什麼？」牧野的嘆息中充滿無奈。

他意識到了，自己對這位族妹的保護果然還是不足，但礙於身分關係，最多也就只能做到這樣了。

「什麼也別做。」

黑暗中，一對發出詭異光芒的眼睛睜開，如探照燈般一掃而過。

前所未見的強大妖氣奔過室內，就連紙拉門也為之顫抖。

「知道了。」牧野的聲音變得模糊不清，像是退到了布幕後方。「交由您全權處理，族長大人。」

——原來如此，所謂的貓妖族族長，其實是她嗎？

萬里冒著汗，嘴角勾起一抹笑容，那是接近真相的笑容。

於是，戰爭的號角就此吹響。

被人類觸怒的貓妖族長，藉由隨處可見的街貓散播帶有妖氣的疫病，展開報復。

夜晚降臨時，全村的貓同時瘋狂尖叫起來。

下一個白天來臨時，將近四分之一的村民被發狂的街貓襲擊，染上了病情詭異的「貓抓熱」。

又過了七個白天，正當楊百里焦頭爛額的一邊醫治熱病，一邊嘗試聯繫貓妖族時，束手無策的村長起用了來自外地的無名驅魔師。

陌生面孔的男人和村長來到三顆茁壯的木棉樹前，身為村子首領的老人回頭詢問著驅魔師的意見。

男人被斗笠蓋住的臉孔不帶一絲表情，只是點了點頭。

萬里默默將視線轉開。

接下來發生的事情，他不忍心看。

環繞金髮男孩身邊的記憶世界，瞬間墜入噩夢。

身披袈裟的男人用枯瘦的指節敲開了貓妖族住所的大門，在牧野反應過來前，一柄長鐵刺就直插而去，刺穿了玄關內那片寧靜的黑暗。

無名驅魔師邁步走進屋內。

每當鐵刺收回，上頭就會串上一具無力懸掛的貓妖身體。擁有九條命的牠們，即使肉身被戳穿也不會死去，只能在生死邊緣苦苦掙扎。空有一身妖氣，卻被鐵刺上依附的咒力鎖住，無法脫身。

很快的，超過兩公尺高的長鐵刺上，塞滿了二十隻動彈不得的貓妖。被封鎖妖力的牠們，外觀就和普通的野貓差不多，只能奄奄一息地任由身體被刺穿、串成一串。

無名驅魔師不發一語，肩上扛著粗大的鐵刺朝門外走去，似乎是準備依照預定前往木棉樹的所在處。

然而，他卻在玄關前停下腳步。

始終隱藏在斗笠下的臉，似乎產生了些許波動。

跟在後頭的萬里也跟著停下，若有所思地看著那根長鐵刺。

即使不用將視線轉向大門，他也知道接下來會發生什麼事情。

還有一隻貓妖沒有現身。

依舊是那個玄關。

擾人耳目、讓貓妖們能行動自如與藏身其中的黑暗已經徹底消除，取而代之的是無名驅魔師所散發的詭異氣息。

戴著斗笠的男人看了看地面，一道帶著尖耳的影子顫抖著，筆直指向他。

老舊的和服在晚風的吹拂下微微晃動。

嬌小女子的表情冰冷。

驅魔師瞥了眼長鐵刺，在最尖端還有能容納一隻貓妖的空間，剛剛好。

牧薊的雙眼沿著鐵刺的末端一路往下，落到男人握著的長柄上。她看到了所有的家人。

憤怒的淚水盈滿牧薊的眼眶。

無須交流、無須多言，自古以來，妖怪和驅魔師相遇的結果只有一種——

殺！

地上的影子狂亂地舞動，牧薊的雙目中燃起熊熊怒火，雙手一抓一放間，和服的衣袖猛然鼓起。

無名驅魔師頭一歪，鐵刺衝出。

萬里吐了一口氣，看著畫面再度模糊成一片。

接著慢慢清晰。

滿月的月色照耀下，被強制化為人形的貓妖一族，吊掛在位於廣場中央的木棉樹樹枝上。鮮紅色的繩環狠狠勒住每個人影的脖頸，沒有半個魂魄能從樹梢逃離哪怕一公分。

萬里靜靜地蹲踞在旁邊的大石頭上，看著無名驅魔師再度抄起鐵刺。

一刺。

某個面貌和牧薊有幾分相像的年輕男子，痛苦地扭曲著臉，身體像是中了劇毒般急速腐爛，最後僅剩下模糊的影子還掛在繩環上，其餘部分全都神形俱滅。

再刺。

貓妖族的老者迅速枯萎下去。

再刺。再刺。再刺。再刺。再刺。再刺。再刺。再刺。再刺。再刺。再刺。再刺。再刺。再刺。再刺。再刺。再刺。再刺。

整棵木棉樹被汙濁的腐臭人影占據。

萬里愣了一下，抬起頭來。

某個瞬間，被掛在樹梢無力動彈的牧薊，似乎和他對上了眼。

金髮男孩和女貓妖互相凝視了零點一秒。

——安息吧，讓我給你們應得的安穩長眠。

萬里沒有發出聲音，用唇語這麼訴說著。

牧薊閉上眼。

最後一刺。

萬里起身離開。

像是從用來洗水彩筆的顏料桶中浮出來般，各種混濁的顏色交織在一起，自臉頰邊流過，在突破最後一層漂浮著的油墨後，金髮男孩深深吸了口氣。

睜開眼睛。

第五章——貓死吊樹頭・伍

人類。木刀。狐妖。校園。天空。樹妖。

在青雪眼中只是過了幾秒鐘的時間，樹上怨氣的騷動就漸漸平息了下來。狐妖熄滅雙手中燃燒著的青色火焰，緊皺眉頭看著金髮男孩沉默的背影。

「……楊萬里，你做了什麼？」

「只是先處理掉貓妖族的怨氣而已，接下來只要對付樹妖就好。」單手豎起木刀，萬里回頭笑笑。

在他誠心的祝禱下，數十隻貓妖的怨念從束縛中解脫，陷入沉睡之中。這份記憶，就由後人來繼承……由守護者楊萬里繼承。

萬里斂起笑容，握著木刀的手指一緊。

青雪瞇起眼。

這傢伙剛剛肯定做了些什麼，絕對不僅僅是燒了張符這麼簡單。從引發的現象來看，他應該是把貓妖的靈魂都超渡掉了才對，不然如此大量的怨念沒可能一下子就消失無蹤。不過，只是隨便念了句臺詞、丟張符咒，真的能把二十多隻貓妖的陳年怨靈超渡掉嗎？這種事情簡直是聞所未聞。

「楊萬里，你到底是……」

「小心！快躲開！」

兩人話聲還未落，失去怨氣憑依的樹妖便揮動高聳的枝幹，朝萬里和青雪抽去。人類和狐妖敏捷地跳開。

——這種狀態就點得著了吧！

青雪的眼神一閃，燃起狐火，卻被萬里及時伸手阻止。

「別燒，學姐的魂魄還在。」

「嘖。」

飛濺的青色火焰稍微偏離了軌道，命中左側的另一棵木棉樹，然而它只是幻境中背景的一部分，並沒有因此化為灰燼，只是就地悶燒著。

仔細一看，儘管貓妖們的魂魄正漸漸變淡，林筱筠幾不可見的纖弱身影卻還掛在紅繩環上。要是這把火燒下去，他們恐怕也不用救了，直接讓萬里把學姐的靈魂一起超度了說不定還比較快。

一人一狐還在拉扯，另一邊的木棉樹妖就搶先行動，妖氣鼓動間，身形不斷脹大，足足變成原本的兩倍有餘。直徑幾乎和成年男子肩寬相同的粗大枝幹，迅速向後拉伸蓄力，發出毛骨悚然的嘎吱聲。

看來它是打算直接用物理的方式解決挑戰者了。

「楊萬里。」青雪一面緩緩後退，一面出聲警告。

「別擔心。」不顧狐妖女孩的諫言，萬里提起木刀就向前衝去。

——白痴！

青雪忍不住在心中大罵。

這也未免太小看樹妖的力量了！就算法力再怎麼高強，面對物質上的攻擊，只憑一把木刀絕不可能抵擋得住！

「等……」

青雪伸向萬里肩膀的手撲了個空，僅僅擦過他的衣角。

青色的眼珠中，倒映出樹妖枝幹對準金髮男孩揮下的景象。

「木生火生土生金！」

萬里豎起左手的食指和中指，指尖瞬間綻放出強烈的白光。

從木刀的刀尖一路劃過直至刀柄，黑漆漆的木刀隨著手指拂過的動作染上光芒。

即將被樹枝揮中前，萬里急剎，運動鞋鏟過地面，濺起無數碎石和沙塵。

刀光一閃，將飛機空降般猛襲而下的樹枝凌空斬斷。

刃————————————————！！！

銳利的目光透出金色髮絲，萬里手中的木刀隨著上一秒的斬擊，化為亮晃晃的武士刀。金髮男孩沒有停下身為運動員的飛快腳步，任由斷裂的樹妖枝幹落在身後，發出壯烈的碎裂聲。

那是……

青雪的肩膀放鬆下來，雙眼瞇起。

「五行相生的法術，嗎……」

中國傳統道家有所謂陰陽五行之說，意即萬物皆帶有金、木、水、火、土五種屬性，其中亦存在所謂相生相剋：金剋木、木剋土、土剋水、水剋火、火剋金，此為五行相剋；

金生水、水生木、木生火、火生土、土生金，此為五行相生。

看來他是活用了這個道理，利用相生特性，將手中的木刀變為「金」屬性，以之斬殺本身為「木」屬性的木棉樹樹妖。

萬里飛身而起，朝樹幹一踩，借力躍上樹梢，襲來的粗大枝條被武士刀一一斬落，化為木片散落在空中。

眼看樹妖巨大的身軀就近在眼前，金髮男孩毫無保留地向前突進，高高揮起刀刃。

一刀兩斷！

——並沒有。

從虛空中爆出的大蓬棉絮纏住了萬里的手腕，讓他揮刀的動作僵持在半空中，動彈不得。

一滴冷汗從他的臉上滑下。

盛怒的樹妖揮動還沒被砍斷的枝椏，朝萬里轟了過去。

——逃不了！

萬里屏住氣息，手腕在棉絮的封鎖下動彈不得。

青焰飛旋，將白色的棉絮燃燒殆盡。

青雪一把將萬里推開，兩人雙雙撞上粗糙的樹幹表面。

「還以為多能幹，結果看起來也不怎麼樣嘛。」狐妖女孩冷冷地批評著，萬里只能報以苦笑，完全無從反駁。

樹幹一震，將侵近身邊的萬里和青雪同時彈開，粗大的枝幹再度當頭揮下。

然而這記追加的揮擊卻撲了個空，一人一狐憑藉矯健的身手左右跳開，一擊落空的樹妖瞬間中門大開。

這次萬里沒有失手。

金剋木，武士刀信手揮灑之間，壯碩的木棉樹瞬間被劈成兩半。

「啊啊啊啊啊啊啊啊啊啊啊啊啊啊啊啊啊啊啊啊啊啊啊啊啊啊啊啊啊啊！」

震耳欲聾的哭喊聲響徹天際，像是男女老少的聲音疊在一起的波長，撼動著空氣。

萬里和青雪不得不捂住耳朵，樹幹斷開的位置汩汩冒出鮮紅血液，伴隨著嘎啦嘎啦的難聽聲音，向旁傾倒。

束縛靈魂的紅色繩環一一斷開，渙散的貓妖魂魄殘影化為一陣陣輕煙消失，所有悔恨、驚懼、悲傷和痛苦，也隨之蒸發。

至此，受到萬里超渡的貓妖族魂魄終於從封印中解脫，塵歸塵，土歸土，全數消散於虛無中。

除了……

半透明的纖細人影向下墜落。

林筱筠緊閉著雙眼，滿頭長髮飄揚在空氣中，像是枯葉般緩緩飄落。幾不可見的身軀輪廓，讓人不禁擔心她會不會下一秒就隨風消逝。

趕在學姐的魂魄徹底落地前，萬里將手中的木刀解除金屬化，從懷中掏出一個白瓷瓶跑了過去。

「進來吧。」金髮男孩招招手，把瓶口對準林筱筠。

正當青雪想吐槽這麼隨便的咒詞最好會起作用時，學姐的魂魄就咻地被吸了進去。

——居然有用嗎？

青雪半睜著眼，看著萬里用木塞堵住瓷瓶。

這兩天以來的經驗，已經讓她對萬里種種不合常理的行為漸感習慣，就算接下來他從瓷瓶裡變出一隻鴿子，青雪恐怕也不會覺得驚訝。

血色的天空漸漸褪去，午後街道的喧鬧聲也從不遠處傳來，被砍倒的木棉樹妖，也隨著結界解除回復成普通木棉樹的樣子。萬里剛剛斬斷的，只是身在結界中實體化的妖物，因此不影響在現實中憑依的物體。

青雪的狐耳和尾巴消失，恢復人類的姿態，萬里則快手快腳地收起木刀和瓷瓶，兩人一起靜靜迎接塵世的陽光再度撒落。

在結界完全崩解前的前一刻，萬里似乎撇見了和服的衣角一閃而過，於是他閉上眼睛。

其實人類真正應該懼怕的東西，不是妖怪或鬼物，更不是其隱藏的不確定性。

而是人類自己本身。

正如青雪所說，妖魔鬼怪的本質，其實遠比外界所想的還要單純。只是對未知事物的恐懼，蒙蔽了人的雙眼和理性，導致做出錯誤的判斷，甚至在空白之處擅自下了充滿偏見的註解。

真是愚蠢。

真是多餘。

青雪淡淡地看了眼身邊的金髮男孩，一如往常地保持沉默。

「啊對了，青雪同學。」萬里睜開眼，轉頭看向身邊，狐妖女孩因為被突然點到名而震了一下。

「我給妳的符咒呢？怎麼沒好好貼著？」萬里靠了過去，仔細檢視著青雪全身上下，卻到處都找不到任何紙張的蹤跡。

青雪別過眼神，露出嫌煩的表情。

「我吞了。」

「欸？真的假的？我還擔心妳會不想吞，所以才用貼的呢。」

——難道你以為用那種方式貼在額頭上，就會比較能讓人接受嗎？

青雪冷冷橫了他一眼，轉身打算直接離開。

差不多也看夠了，以觀察而言算是相當足夠了。雖然這個人類的底細還沒能完全摸透，不過既然事件已經落幕，自己也沒有繼續待著的理由。

身為眾多妖怪之一，本就不該和會消滅同伴的驅魔師待在一起。

「啊等等。」

這麼想著的青雪，卻被從後方叫住。

被黑絲襪包覆的足踝停下腳步，狐妖女孩沒有回過頭。

「謝謝妳剛才出手幫忙，要不是有青雪同學，我可能就危險了。」

「……不用這麼客套。」面對萬里誠摯的道謝，青雪只是隨意敷衍了一句。

「不，我是真的想感謝青雪同學，畢竟妳大可以袖手旁觀的。」萬里抓抓頭，有些不好意思地笑了笑。「謝謝。」

「就說了，不需要這麼客套！」

青雪罕見地透露出一絲激動，眼神凶狠地回頭瞪著金髮男孩。

人類就是個虛偽的物種，為了讓別的個體滿意，為了讓別的個體能甘願為己付出，創造出了道謝這個文化。

所謂的道謝，只不過是為了能在下次遇到麻煩時，能再次借用他人的力量，僅此而已。

青雪是這樣想的。

直到她與萬里那毫無雜質的雙眼對上。

就只是想說謝謝而已，就只是想對向自己伸出援手的人，釋出單純的感激之意，僅此而已——金髮男孩的眼神這麼訴說著。

青雪默默轉回頭，繼續保持背對著萬里的狀態。

「……楊萬里，我問你。」

「請說。」

「為什麼你那種亂來的咒詞，能發揮效果？」

照理來說，不念出既定的詞彙，符咒或法術都無法發動才對，但楊萬里卻只是用一般口語化的碎念，就發動了一個又一個的奇怪法術，簡直像是他能和所有事物溝通一樣。

「其實也不是這麼了不起的事啦。」萬里淡淡地微笑，抓抓頭，「咒詞這種東西，本來就是為了達到某個目的，所設定的一段文字，有點像是鑰匙和鎖頭之間的關係。也就是說，只要你能掌握開鎖的方法，不用鑰匙也沒關係的。」

不用鑰匙就能解鎖？這還不算是了不起的事情嗎……

青雪忍不住在心中吐槽。

「這種小把戲，只要掌握訣竅，誰都做得到啦。」萬里不以為意地聳聳肩。

「所謂的訣竅是……？」

「呃，保持一顆虔誠的心？」

青雪長嘆一口氣，決定不再理會金髮男孩。

「啊糟糕，差點忘記時間了，得趕快把林筱筠學姐的魂魄還回去，我們趕快走吧。」

萬里猛然想起那個白瓷瓶的存在，順手拍了一下青雪的肩膀，往校門走去。

不習慣肢體接觸的狐妖，在被碰觸到的瞬間機警地跳開了。

「？」萬里疑惑地回頭看著她。

「為什麼我非得和你一起行動不可？」青雪滿臉嫌惡，全身上下散發著警戒的氣息。

金髮男孩臉上慣常的陽光笑容消失，像是在估量著什麼般，靜靜回望狐妖女孩。

周遭的氣氛瞬間冷了下來。

青雪危險地眯起雙眼，瞳孔中閃過一絲妖異的青光。

一旦眼前的金髮男孩有任何——

然而萬里沒有動。

沉默持續了一段時間。

「抱歉，青雪同學，我剛剛不該隨便碰妳，對不起。」

不給萬里低頭致歉的身影映入眼簾的機會，青雪立刻轉身離去。

——人類擁有的多餘禮俗，真是噁心。

青雪的背影像是在如此冷哼著，逐漸遠去。

萬里沒有再次嘗試攔住她，而是淡淡地笑了。

因為狐妖女孩前進的方向，筆直指向林筱筠所在的醫院坐落處。

沒有多說什麼，萬里將裝有木刀的背袋甩上肩膀，跟上了青雪的腳步。

制服短裙和牛仔褲一前一後消失在空蕩蕩的校園中。

叮咚。

消毒水的味道恣意竄入鼻腔，電梯門打開，一人一狐妖再度回到那個房號是「9487」的病房門前。

——這個數字到底是……算了。

青雪搖搖頭，安靜地看著萬里伸手敲門。

「請進。」過了一會，女人的聲音隔著門板傳來，金髮男孩輕輕推開病房門。

林筱筠的媽媽依舊坐在病床旁邊，只是眼睛下的黑眼圈又重了些。長時間看顧著昏迷不醒的女兒，讓她疲憊不堪。

萬里獨自走上前，附在筱筠媽媽的耳邊說了幾句話。她嘆了口氣，點點頭，讓出病床旁的一片空間。

青雪默默來到病床邊。

將近兩天處於失去魂魄的狀態，林筱筠的臉色蒼白到幾乎能看到皮膚下的血管。包覆在床單下的身軀像是半透明的空殼般，讓人感覺不到絲毫存在感。

女孩的長髮散落在枕邊，早已失卻了以往的光澤，脖子上的勒痕如濃墨般漆黑，在白皙的肌膚上顯得怵目驚心。

——再拖幾個小時，恐怕就回天乏術了。

萬里吞了口口水，臉色一下子凝重起來。

林筱筠的母親替他們把布簾拉上，打開門走出病房外。

「她去上廁所，我得動作快，青雪同學，麻煩妳把風一下。」萬里將袖口捲到肩膀，露出筋肉結實的手臂，白色瓷瓶在他的手指間發出光芒。

青雪淡然點頭。

木塞拔出。

學姐的魂魄脫出瓷瓶的束縛，飄浮在空氣中，柔軟的肢體舒展開來，垂瀑般的長髮也像能違抗重力般四散飄揚。儘管依舊緊閉雙眼，女孩姣好的臉龐上卻還殘留著一絲生氣。

萬里小心翼翼地伸出雙臂，輕輕接住林筱筠半透明的軀體。

金髮男孩屏氣凝神，緩緩、緩緩放低重心，讓林筱筠的靈體盡可能靠近躺在床上的肉身。

接著兩者重合在一起。

額頭對上額頭，胸口對上胸口，林筱筠在重獲靈魂後長長舒了口氣，臉上明顯恢復血色，呼吸漸漸也有力起來。

萬里咬破拇指，在學姐脖子上的勒痕表面，塗上簡單的幾筆畫。

儘管速度緩慢，但那圈黑色的瘀痕，開始以肉眼幾不可見的速度慢慢變淡。

青雪一彈指，萬里收回雙手。

林筱筠的母親推開門，對回過頭來的一人一狐點頭微笑。

在那短短的一分多鐘內，萬里手腳俐落地將學姐的魂魄交還回去，沒有露出半點破綻。大功告成。

和筱筠媽媽打過招呼後，萬里就和青雪並肩離開床邊，準備踏出病房。

然而，他的手才剛搭上門把，後方就傳來一聲震響，讓地板隨之晃動。

萬里和青雪瞬間繃緊神經，同時以警戒的姿態轉身面對聲音來源。

那是……病床的方向。

只見林筱筠媽媽軟癱在地，似乎昏了過去，所幸頭部看起來沒有明顯外傷，應該不至於有生命危險。

倒是……

一道婀娜的身影筆直站在窗前，遮住從窗簾縫隙透入的午後陽光。

長髮飄逸。

貓。耳。

還有尾巴。

萬里沒形象地張大嘴巴。

就連青雪也傻住了眼。

近乎模特兒水準的身材凹凸有致，一頭長髮直至背後，身穿病服的女孩轉過臉來，眼神似乎還有點恍惚。

萬里忍不住頭痛地揉著眼角。

現在他知道為什麼沉寂多年的樹妖，會突然產生攻擊傾向了。

「林筱筠學姐，連妳也是啊……」

聽著一旁男孩的長嘆，青雪露出複雜的表情。

妖怪。

遠比常人所想的還要貼近人們的身邊，遠比常人所想的……

還要真實。

第六章——燃燒吧火鳥・壹

火焰奔騰著，爐子上的鐵板冒出熱氣，食用油散發香氣滋滋作響。

「老闆娘，給我一份肉鬆蛋餅和巧克力吐司，飲料要大冰奶。」

「好，帥哥你稍坐一下哦。」

一向早起的萬里，今天也不例外地在上學時間前半個小時，就來學校附近的早餐店報到。在開始顯得擁擠的店裡面，他拉開塑膠椅，小心翼翼地把自己高大的身軀塞進狹小的空間內。

勉強算是舒服地坐好後，萬里百無聊賴地抬頭看看掛在天花板上的電視機。其實也不是有多大的興趣，他單純只是懶得把手機從書包深處挖出來滑而已。

而且早餐店老闆娘的手腳是出了名的快，嘴巴一邊狂噴帥哥美女的同時，手上一口氣翻動著各式各樣的蛋餅和漢堡肉，完全沒有一絲遲疑，也很少會發生做錯餐點或是拖延太久的情況。

雖說還有幾個大媽在幫忙，不過那個老闆娘在做早餐這塊，可說是鬼神般的快。幾乎讓人懷疑她是不是人類了呢。

果然沒過多久，下單的餐點就悉數送到，萬里一邊嚼著酥脆的土司表面，一邊漫不經心地看著電視新聞。

「……下一篇報導，三層樓的民房發生火災，這已經是此地區本週第三起火災事件，提醒民眾……」

嚼嚼嚼。

。

「……注意插座與瓦斯……」

「……請給我蔬菜三明治外帶，謝謝。」

「好，美女那邊稍候一下哦！」

「咳咳！」

聽到金髮男孩被奶茶嗆到的聲音，青雪淡淡地回頭看了一眼，與萬里四目相對了，一秒。

她立刻露出嫌惡的表情。

萬里無奈地苦笑。

雖說好歹是一起並肩作戰過，但要消除這傢伙對自己的戒心，還是有點困難啊……不過立刻露出那種表情的青雪，也真的是很失禮就是了。

「老闆娘，您店裡的那邊角落有隻大蟑螂。」

「青雪同學等等，妳這完全是指著我的方向吧？」

「你想多了，蟑螂……啊不，楊萬里。」

她剛剛絕對是說了蟑螂吧……

即使穩重自持如萬里，也對這種處處針對的發言感到頭疼。

於是雙方互相無視了好一段時間，結果剛好吃完早餐的萬里，和拿到三明治的青雪，恰巧在同一時間踏出店門。

瞪。

狐妖女孩瞬間露出凶狠的眼神。

「不要跟著我。」

「就算妳這麼說，可是我們畢竟同班，要不走這條路……好好好，我遠遠落在後面總行了吧？」

「……楊萬里，你這樣的行為簡直和變態沒兩樣。」

「不然妳要我怎麼樣啦……」

最後在鬧了好一陣子後，人類和狐妖才散發著詭譎的氛圍，並肩走向校園。

並排的三棵木棉樹依然挺立著。

萬里若有所思地看了那幅景色一眼，稍稍放慢了腳步。

「這麼一說，那個貓妖女後來怎麼了？」青雪難得主動開口，讓萬里意外地回過頭。

應該是體內擁有貓妖一族的血統，上次木棉樹事件的受害者林筱筠學姐，在獲救後就產生了妖化反應，溢出的妖氣擊昏了看顧她的母親，幸好即時被萬里壓制下來，才沒有擴大傷害。

「應該是沒事了，我推測學姐妖化的時候應該是屬於無意識狀態，所以妖氣才會失控，睡一覺就會什麼都不記得了，吧。」

「……聽起來真不可靠的判斷。」

「這已經是樂觀的情況了，目前學姐的身體應該是不會有大礙，唯一的不確定性，大概就是脖子上的痕跡始終消失不了吧。」

即使木棉樹的縛魂詛咒解除了，林筱筠肌膚上的黑色勒痕卻沒有完全消失。雖然萬里有嘗試一些手段把它抹除，不過那道像項圈般環繞脖頸的痕跡，卻僅僅是稍微淡化了一點。

這種情況並不常見，不過在找不出其他原因和應變方式之下，萬里也只能暫時先靜觀其變，由衷祈禱不要留有任何的後遺症。

「怎麼？對學姐有興趣嗎？」萬里有些訝異地問著。據他所知，狐妖女孩總是抱持著對周遭漠不關心的態度，平常也很少和班上的同學說話，很難得看到她對某件事情投以關注。

「沒什麼。」

青雪搖搖頭，加快腳步走上樓梯，想要早一步擺脫萬里的跟隨，避免兩人同時進教室的尷尬情況發生。

在踏上最後一階階梯、轉過牆角就能達到教室的同時，青雪和某個急急趕來的人影正面相撞。

維持著原來的速度走上來的萬里，正好來得及接住承受衝擊往後踉蹌的青雪。

「抱歉抱歉，妳沒事吧？」雖然差點跌倒在地，來人卻馬上扶住牆角調整平衡，焦急地上前為自己的莽撞道歉。

「……沒事，請不要在走廊上奔跑。」青雪回頭瞪了萬里一眼，逼得男孩苦笑縮手，這才淡淡地回應。

「對不起，我下次會注意的，啊……」

「哦哦。」萬里忍不住發出小小聲的感嘆。

才剛低頭道歉完的林筱筠直起身，越過滿臉不解的青雪，認真地盯著金髮男孩的臉。

「就是你吧？」

「啥？」

莫名其妙的問題引來莫名其妙的回答，提問的林筱筠和萬里瞬間進入一個大眼瞪小眼的狀態。

——冷靜點楊萬里，就算她沒有失去記憶，照理來說兩人見面的時候，學姐基本上都是處於沒有意識的狀態，認得他的可能性應該無限趨近於零。她說的這句話，可能只是表示「就是你害我撞到其他人的吧」或是「就是長這樣，你才交不到女朋友的吧」之類的縮語，所以不需要感到慌張才對……

金髮男孩一邊拚命冒著冷汗，一邊勉強露出營業用的微笑。

「就是你吧？那個時候看到的人。」林筱筠滿臉認真地硬擠了過來，長髮晃動著，豐滿的胸部用力頂上隔在中間的青雪，讓身材纖瘦的狐妖女孩瞬間直了眼。

「抱歉，妳好像認錯人囉？我們應該是初次見面才對。」萬里只得繼續裝傻。

「騙人，我媽媽說有兩個社團的學弟妹來探病，可是我回社團問時，卻沒有半個人承認有和男生一起來過。回頭和我媽再確認一次之後，她才說那個男生很顯眼，染著金髮、身材高大。而且我一定有見過你，不是在學校，而是在醫院病房，雖然不知道是不是夢，不過那時你就站在我對面，身邊好像還跟了一個女生，啊！」一口氣反駁了一長串的學姐，猛然定睛看向自己身前，正在糾結於胸部大小的青雪。

看來是妖化的時候仍然有模糊的記憶嗎……大意了。

萬里暗暗嘆了口氣。

「仔細一想，另外一個人就是妳吧？你們是情侶嗎？」

「才不是！」萬里和青雪異口同聲地回答。

「可是你們感覺默契好好……」

「哪有！」

於是萬里無奈地被青雪狠瞪。

林筱筠清清喉嚨，像是不讓他們逃跑般握住一人一妖的手，接著認真地張開嘴唇。

「說吧，你們是不是對我的身體做了什麼？」

「……那個學姐，請借一步說話。」感受到走廊上齊刷刷朝這邊轉來的強烈視線，萬里的嘴角抽搐了兩下。

場景轉移到沒有人的校園建築背面，萬里偷偷看了一下時間，距離自習開始還有大約五分鐘的時間。雖說自己並不介意遲進教室，不過另外兩位可就不確定了，能盡快搞定就盡快。

「我是在三樓走廊朝中庭看的時候發現你們的，那頭金髮和身材，超級顯眼的，想要認錯都難，所以就衝下來找人了。」林筱筠抱著胸，如模特兒般的高挑身材和美腿展露無疑，長長的睫毛眨呀眨，掃視著眼前的金髮男孩和短髮女孩。

青雪對著萬里投來毫不留情、滿滿責難的眼神。

——染什麼金髮啊？白痴。

究極的嫌棄顏藝出現在狐妖女孩臉上，讓萬里狂冒冷汗。

「那個……學姐，妳說的身體是怎麼回事？」

「嗯，就讓你們看看吧。」林筱筠對著提問的萬里點點頭，挺身站直，閉上眼睛數秒。

貓耳，貓尾，還有因為畏光而收縮豎直的野獸瞳孔。

和青雪毛茸茸的狐狸尾巴不同，學姐的尾巴擁有深淺顏色不一的環紋，以及短而柔軟的細毛，靈活地在大腿間甩動著。

萬里和青雪不約而同地露出事情大條了的表情。

「雖然我不記得自己為什麼要企圖自殺，但就算是昏迷了幾天，身體也不至於會產生這種變化吧？而整件事唯一讓我覺得可疑的，就是明明素不相識卻來探病的你們兩個了。所以雖然有點唐突，但如果可以的話，請解釋一下這究竟是怎麼回事。」林筱筠雙手插腰，儘管語氣和措辭都相當客氣，但那不由分說的氣勢卻壓倒了在場的兩人。

「……楊萬里。」

「是。」

「你那時為什麼不乾脆把她們母女倆的記憶都消除了？」

「因為我不會這麼方便的東西。」萬里苦笑。

林筱筠收回妖化狀態，恢復普通高中生的模樣，接著朝前踏出一步，美麗的臉蛋上浮現一抹怒氣。

現在她知道這對學弟妹肯定和這件事有關，就算不是事主，也一定知道些什麼內情。

「快說！」

「可是學姐……」

「妳不是人類，是妖怪。」青雪打斷想委婉解說的萬里，直直盯著學姐的雙眼。

林筱筠愣了愣，一時之間沒意會過來。

「妳是七十多年前覆沒的貓妖一族的後裔，血統不純是妳的祖先沒被追殺的主因，也因此妳這十多年來才一直維持人類的型態。但妳上吊自殺的地點剛好是貓妖一族被埋葬的地方，所以在種種解釋起來很麻煩的原因下，妳就變成這個樣子了。」

青雪停下來喘了口氣，對平時不多話的她來說，這一長串的解釋已經是極限了。要不是覺得由萬里出馬商談，肯定會浪費一堆時間，她是絕對死也不會開口的。

雖然有些地方不盡詳實，但基本上沒有半句謊言。

林筱筠的腦袋為了處理剛剛得到的龐大資料而顯得有些混亂，她搖搖晃晃地退後一步，右手貼住額頭。

「妖怪……是指……惡魔？幽靈？我其實已經死了嗎……」

「放心，妳活得好好的。」青雪不耐地說。

「青雪同學，別老是這樣說話……」萬里忍不住出言制止。

除了沉默寡言外，青雪那毫不客氣的口氣和行為舉止，也是她在同學們眼中相當難以親近的原因之一。儘管本人有所自覺，卻完全沒有要改的意思。就像現在，面對妖化後陷入混亂的林筱筠，狐妖女孩也沒有絲毫憐香惜玉的打算。

青雪淡淡地看了萬里一眼，擺出了「請」的手勢。

他清了清喉嚨。

「學姐，有件事情我想先說清楚。」

金髮男孩的眼神正正定在林筱筠的臉龐，讓貓妖女孩的心臟漏跳了一拍。

「所謂的妖怪，是真實存在的。經常發生許多不尋常、不合理的事情，大部分都與它們有關。有些妖怪隱身於人群中，有些妖怪躲藏在陰暗的角落裡、或是人類視線的死角。無時無刻，它們都在，只不過……」

校園中，騷動的空氣川流不息著。

「我們人類，對於未知事物的恐懼，還有自我保護的機制，蒙蔽了自己的雙眼，以至於無法看清應該存在於眼前的事物，這也是為什麼妖魔鬼神總是能輕易隱藏在幕後的原因。」

林筱筠仍然滿臉疑惑。

「妳的祖先們，也是萬千妖怪的其中一族，但隱於市井的同時，也在人類的配偶中留下了妖怪的血統。這種情況比較少見，而且大部分的時候，異種血統都會在人類的血脈中沉睡，終生不會顯現。學姐的妖怪因子，應該是在瀕死的刺激下，才意外跑了出來。」

「瀕死的刺激……」林筱筠茫然地摸摸頭頂剛才冒出貓耳的位置。

正確來說，其實是學姐的靈魂，受到許多貓妖族殘留魂魄的影響，才讓血脈中的貓妖族因子產生共鳴，進而妖化。不過要解釋清楚實在有點麻煩，所以這邊就用比較好了解的方式說明吧。

萬里這麼想著。

「所以我……現在也是妖怪嗎？」學姐將手掌放在豐滿的胸口，語氣微微顫抖。一邊的青雪見狀，默默嘗試了一下把手放在胸部上的動作，發現手掌的角度仍然好好的與地面垂直時，似乎受到了頗大的打擊。

「不，如果真要說的話，還是比較接近人類的。妳看，學姐妖化的部分還不完全，妖氣也不明顯，如果繼續保持不隨便妖化的話，至少是不至於引響身體健康的。」至於旁邊那隻如假包換的狐妖，為什麼從不完全妖化，萬里就不知道了。

「那麼，有讓身體回復原狀的方法嗎？」似乎是覺得這樣實在不太正常，林筱筠不安地交握著雙手，露出求助的眼神。

「很抱歉，沒有哦，至少就我所知是沒有。」萬里抱歉地說著，抓抓頭髮。「一旦妖化後，身體裡的血統因子就沒辦法恢復原狀了，這是不可逆的。」

「是嗎……」林筱筠露出失望的表情，接著皺起眉頭。

「你們兩個……到底是什麼人？為什麼知道這些東西？」

一邊警戒地緩緩後退，貓妖女孩的瞳孔在無意識下倒豎起來，微量的妖氣從裙襬周圍散溢而出。

青雪淡淡地看著面前的景象，冷眼以對。

萬里收起笑容，認真地將視線與學姐對上。

「我的家族，世世代代都住在這個地方，維持著這塊土地的安寧，因此對世界背面的事情也略有研究。如果有什麼不該出現的事物惹出麻煩的話，將其解決就是我們的任務，包括學姐的事情也是，妖怪的事情也是，所有人類無法企及的事物，都是我們的工作。」

「所以……你是所謂的道士？專門收服妖怪的那種？」林筱筠睜著圓圓的眼睛，不解地問道。

「呃，很抱歉並不是，並不是這麼專業的職業，硬要稱呼的話……應該用『守護者』會比較貼切。」萬里苦笑著，對三番兩次被誤認成驅魔師或道士感到有些困擾。

「守護者……？」看著染滿高調金髮的楊萬里，貓妖女孩露出濃濃的懷疑表情。

「那妳呢學妹？是那邊那位守護者先生的搭檔嗎？」

當「搭檔」兩個字從林筱筠的口中落出時，青雪的臉龐一如預期，爬上究極嫌惡的顏藝。

「我是妖怪。」

似乎寧願承認自己是妖怪，也不願意假裝成萬里的同伴，青雪直接了當地秀出了狐耳和尾巴，接著馬上收起。

「和、和我一樣的遭遇嗎？」

「不，我是純正血統的妖狐族，妳充其量也只是半個。」

「哦……」

原本看到類似的妖化景象，而對青雪產生了同伴感的林筱筠，在接收到學妹半冷不熱的回答後，迅速洩了氣。

「那麼，請告訴我要怎麼辦……我覺得情況已經超出我能掌握的範圍了，這幾天都沒睡好……」

如果仔細看的話，林筱筠白皙的眼角下方，隱隱能看見疲勞累積而成的黑眼圈。

「閉上嘴好好過活，沒事別妖化就不會有事，應該吧。」青雪無情的話語像是冰雹，對著林筱筠的腦袋一陣猛砸。

「呃，大致上來說，學姐的妖氣強度很低，如果能好好隱藏著別隨便妖化，是能過著普通人類的生活的。」萬里趕緊出聲安撫陷入低迷情緒的林筱筠，「不過也是可能發生不可抗力的突發狀況啦。總之，平常處事還是小心點好，如果在身邊發現了什麼可疑的蛛絲馬跡都要好好留意，大概就是這樣。」

「好的，我知道了……」

「如果還是擔心，怕會碰上什麼無法解決的麻煩，我可以把我的聯絡方式給妳。到時候要是不幸出了什麼事，就來找我吧？」

於是林筱筠和萬里拿出手機，交換了電話號碼和社群通訊軟體，冷眼旁觀的青雪暗暗在肚子裡哼了一聲。

——這個傢伙，沒想到釣女人挺有一手的嘛，隨隨便便就要到了人家的聯絡方式……

完全不知道青雪徹底曲解了自己意圖的萬里，則是很普通地對學姐交代了幾件需要注意的事情，例如不要隨便妖化、隨時注意身邊不尋常的事物，並保持警戒、如果遇到陌生妖怪的騷擾，就馬上聯絡，諸如此類的瑣事。

遠方傳來消防車刺耳的鳴笛聲，漸漸朝學校的位置接近。

三人聞聲抬頭，循著那個方向看去，隔了一條街的住宅區公寓竄出滾滾濃煙。

學校的廣播系統在此同時響起，要求全校師生保持鎮靜，並注意火勢蔓延的可能性。

「最近的火災真是頻繁過頭了呢……」萬里想起了早上的新聞報導，抓抓頭。

「嗯，天氣乾燥的關係？」林筱筠其實沒有很介意這個話題，只是隨口回答。

青雪沒有說話。

她發現時間已經是早自習了，包括自己在內的這一小伙人卻完全沒有聽到上課鐘聲。

「你們看看時間。」

回過頭的萬里和學姐，在確認手機螢幕上顯示的數字後，皺起了眉頭。

「糟糕，該不會鐘聲被消防車的聲音……還是廣播蓋過去了吧？我得趕快回教室了，謝謝你們，如果之後有什麼問題會再聯絡你們的。」林筱筠有禮地一鞠躬後，轉身跑開。

——請聯絡這個男人就好，不必跟我扯上關係。

青雪這麼在心裡嘆道。

「被廣播聲……蓋過去了嗎？」萬里用手指支起下巴沉思著。

「……怎麼了？我們也該回去了。」再繼續拖拖拉拉，我可不會等你。青雪懶得把後半句話說出口，只是瞇起眼睛盯著金髮男孩。

「啊好，走吧。」

「你想到了什麼嗎？」

「不，沒事，我們回教室吧，青雪同學。」

儘管覺得萬里還有所隱瞞，但一收到他那陽光般和煦的微笑，青雪還是搖搖頭開始移動。

無所謂，只要不隨便惹事生非，自己跟這個男人可說是半點關係也沒有了，根本沒有必要嘗試揣測或了解他的心思。

「兩位同學，你們知道現在是早自習時間了嗎？」

一個聲音從背後傳來，被叫住的萬里和青雪冷汗直冒。

「快．點．回．教．室。」教官滿臉橫肉的臉孔凶狠地揪在一起，散發出非人的魄力。

萬里拔腿就跑。

晚了一拍才察覺到他的意圖，青雪連忙跟上，但萬里那雙長腿和籃球員專有的爆發力，卻瞬間拉開了距離。

——在長相和學號還沒被教官看見之前，先開溜就沒事。

他八成是這樣想的吧。

青雪半睜著眼睛，看著漸漸遠去的金髮背影，不禁暗暗嘆了口氣。

那個金光閃閃的頭毛實在太過顯眼，這種逃法恐怕沒什麼用吧。

教官扶扶帽緣，傻眼地放任萬里和青雪光明正大地開溜。

「嘿嘿。」跑在前頭的萬里吐吐舌頭，其實多少也有自知之明。

——不過，偶爾這樣也不錯。

他側身回頭，看了眼不得不跟著跑的狐妖女孩。

雖然依舊面無表情，但青雪努力移動腳步想跟上他的樣子，和平常滿臉漠不關心的氣質大相逕庭。

光是能看到這幅景象，多運動這一段就值得了。

發現萬里嘴邊狡猾的笑容，青雪的額角爆出一條青筋。

「去死。」

沒有人聽見的喃喃自語消失在風中，被帶往未知的天邊。

因為無預警的火災警報，下課後的走廊比平常更為喧鬧，不少學生擠到接近救火現場的窗邊或外廊，只為了滿足枯燥校園生活所無法提供的新鮮感。

青雪留在自己的位置上，盯著空空如也的課桌表面，默默垂下眼簾。

——總覺得有哪邊，不太對勁……

說不出來的異樣感侵襲著狐妖敏銳的直覺，明明沒有感知到妖怪的氣息，後頸卻有股說不出來的涼意，緩緩浸透皮膚。

並不是敵意或殺意，甚至連有意識之物都不是，就只是單純的一種「現象」，讓青雪的防衛本能響起警鐘。

直到象徵上課時間開始的鐘聲從廣播系統中傳來為止，狐妖女孩都沒有改變過坐姿，安靜地待在座位上與背景融為一體，腦袋全速運轉著。

只要保持低調，危險就不容易找上門來，這個道理她還是知道的。但在不能確定未知的不安感從何而來、是否針對自己時，消極地選擇按兵不動就顯得有些不妥了。

該小心地隱藏氣息，直到風頭過去？還是該主動出擊，調查真相？

正當青雪還糾結著要選哪邊時，負責專任科目的老師就走進教室，清清喉嚨宣布開始上課。

歷史。年份。英雄與戰爭。重要事件。年份。時間軸。年份。閒聊。論證。論證。論證。

肥到整個臉都皺在一起的老師，手中拿著粉筆和課本，在黑板上口沫橫飛地拚命鬼畫符。有些同學努力地想要解讀那些令人頭痛的板書，有些同學則開始例行的昏昏欲睡。

青雪有一搭沒一搭地動著筆，將老師透露的考前重點加減記了些下來。她斜眼瞄向右前方的位置，那裡坐著與睡魔奮鬥中的楊萬里，即使是平常一臉悠哉的他，面對照本宣科式的學門其實也相當苦手。像現在，他就正努力撐開快閉上的眼皮，表現出一臉「我很認真我還沒睡」的滑稽樣。

——如果是這個男人，肯定會毫不猶豫地去查明那股壓力的真身吧？

青雪暗自猜想著。

不過，從萬里的表情判斷，他似乎還沒發覺有股未知的威脅正悄悄逼近，於是青雪認真考慮起主動過去搭話的選項。

這麼做會不會顯得自己很奇怪？

看著班上死氣沉沉的氛圍，胖胖的講師嘆了口氣。

「好吧，既然同學們都這麼沒精神，那我們來稍微活動一下吧，全班以五到六個人為單位各自分組，來討論這個主題。我把它寫在黑板上，在第二節下課前，每組把討論過程和結論交上來。」

接到突發的任務，全班同學的精神立刻被迫復甦，意識還勉強保持清醒的同學，紛紛伸手把旁邊正在與周公下棋的人搖醒。

青雪暗暗嘆了口氣。

像這種用自己找隊友的方式分組，對在班級裡比較邊緣或人際關係不好的人來說，簡直就是場拷問。每次都只能眼睜睜看著身邊的同學們呼朋引伴，最後總會有一小批人剩下，像是回收物般聚集在一起，自成一組。

不愛說話、對人態度又冷淡的青雪，十次裡總有九次是被剩下的，這回也不例外。鬧哄哄的教室漸漸產生秩序，已經找到組員的同學們聚在一塊，開始著手處理老師派發的題目。狐妖女孩的身邊卻依然空無一人，她靜靜地看著書，完全沒有打算嘗試與任何人接觸。

倒是另外一邊，個性溫和又是校內運動明星的楊萬里，很快就被幾個男生找去當隊友了，正好好地按部就班進行討論流程。

雖然一直沒有加入分組，老師可能會走過來關切，但大不了就說生理期來不舒服，溜去保健室就好，畢竟人類的女性可是常備這萬用的擋箭牌呢。

「衛青雪，趕快去找個小組開始討論啊，不要坐在這邊摸魚。」圓滾滾的老師一如預期擠過狹窄的走道空間，把課桌椅像摩西開紅海般推開，一路碰碰咚咚地衝了過來，用捲起的課本敲打青雪的桌子。

抬起頭，青雪正準備用預想好的臺詞塘塞過去時，一個聲音橫插過來。

「老師，她跟我們是一組的，剛剛還在收東西還沒過來而已。」滿臉笑容的楊萬里拍拍青雪的肩膀，出現在她的身邊，不理會狐妖女孩那副「先生，我們很熟嗎」的極致嫌棄臉，擅自替這個尷尬的場面解了套。

「動作快點啊，不要拖到上課時間。」

「好的。」

萬里和青雪目送胖胖的老師再度分開紅海，回到講桌旁。

「……為什麼要多管閒事？」

明明自己是站著，和坐在椅子上的青雪差了足足幾十公分以上，但萬里卻收到了至今以來最有魄力的嫌惡眼神。這還是他第一次知道，原來不使用俯角也能產生十足鄙視的效果，就這方面來說，青雪簡直就是嫌棄顏藝界的女王了。

金髮男孩不禁苦笑。

「如果不參加小組討論的話，青雪同學會被老師關心的吧？最差的情況還會被帶到臺上兜售哦，這樣也無所謂嗎？」

「我自己有辦法解決。」毫不領情的青雪冷冷說道，絲毫沒有表示感激。

通常這種時候，最後落單的人都會被老師強硬地塞到某一組，或是公開詢問有沒有組別願意收留。對本身就是「剩下來」的人來說，簡直就是場酷刑，想必萬里是考慮到這點，才主動提出要和青雪一組的吧。

雖然感覺挺貼心的，但對不想再和他扯上關係的青雪來說，似乎剛好起了反效果。

「我本來就不適合團體行動，而且也沒人會想和這種人當朋友，你就省省吧，楊萬里。」不知為何，看著總是身在班級中心的萬里朝自己伸出手，青雪反而打從內心產生排斥。

總是毫不客氣的用詞和冷漠的態度，讓幾乎所有同學都對她退避三舍。雖說不到被討厭或排擠，但沒有人嘗試和青雪做朋友也是事實。

身為班上的風雲人物，對這樣的女孩伸出救援之手，應該會獲得像是當超級英雄那樣的爽快感吧？想想就覺得噁心。

儘管沒有說出口，但青雪是這麼認為的。

萬里收斂起臉上的笑容，換上認真的神情。

「青雪同學。」

「？」

「人類這種東西呢，就像一面鏡子，雖說不到百分之百的準確，但往往都會映照出自己的樣子。」

青雪沒有馬上聽懂，只是微微瞇起眼。

「撇除天生八字不合的和其他特殊案例，大部分的人，就只是反映出妳所投射出的最真實樣貌罷了。」萬里的語氣平靜，沒有流露出多餘的感情。

「……你的意思是，沒人想跟我一組，是我自己的問題嗎？」雖然臉本來就已經很臭了，但青雪現在的表情似乎又更深沉了些，刺人的氛圍從她身上散發而出。

「我的意思是，青雪同學大可不必這麼排斥和人類相處。」

——因為感受到迎面而來的排斥和反感，才是大家都不想接近妳的原因。

儘管萬里沒有把話說完，青雪也能聽懂他的語意。

狐妖女孩別開眼神。

就算被討厭、被疏遠也無所謂，她來到這座城市本來就不是來交朋友的。應該說，沒有人敢接近反而最好。

萬里會這樣說，只是因為他不明白身為狐妖的情況，當然，青雪也沒打算向他詳加說明就是了。

而且說不定，他也是懷抱著什麼目的才會接近自己的吧？否則在明知道對方是妖怪的情況下，實在沒有繼續與之來往的理由。

這邊就用堅定的言詞再拒絕一次吧，老師那邊就用預定好的生理期說詞蒙混過去。

青雪抬起臉，再度和萬里的雙眼對上，原本衝到唇邊的話語卻遲遲無法吐出。

金髮男孩的眼神堅定、溫和且純淨，並沒有以往經常在人類眼中看到的複雜算計。他伸出援手的行動，單純只是出於本意所以這麼做而已。身為能感知人類情感的妖怪，青雪明白這一點。

如果楊萬里這個人不是極致善良的話，就是個連眼神和感情都能偽裝的、極致強悍的演員吧。

看著青雪遲遲沒有動作，萬里只能無奈地搖搖頭，轉身回去找自己的組員。

和他同組的男生們，用盛大的揶揄聲歡迎金髮男孩的歸來。

「真沒想到你喜歡那種類型的哦？」

「嘖嘖，看不出來欸萬里。」

「別開我玩笑了，趕快繼續討論吧。」萬里苦笑著催促男生們，試圖逃離這個尷尬的話題。

儘管似乎還有什麼想說，萬里的組員吵鬧一陣子之後，還是乖乖接續剛剛討論的進度，開始進行報告的撰寫。

青雪遠遠看著被朋友環繞的楊萬里，雖然並沒有對報告的主題提出什麼特別的意見，但金髮男孩卻能好好融入在人群之中，和大家融洽相處。

「人類就像鏡子……嗎？」狐妖女孩的喃喃自語，被教室裡鼎沸的討論聲音蓋了過去，消散在她的唇瓣周圍。

包覆著黑絲襪的足踝抬起，跨過已經離開座位的隔壁同學的椅子。

青雪默默落坐在萬里身邊。

沒有理會周遭組員驚訝和意外的眼神，狐妖女孩逕直轉頭，面對微笑著的金髮男孩。

「既然都叫我過來了，就趕快繼續，別拖拖拉拉的，楊萬里。」

「好的，青雪同學，那……我們繼續吧？」

萬里笑著一拍手掌，其餘的同學們才紛紛像大夢初醒般，帶著古怪的表情接續剛才的進度，時不時偷瞄著並排而坐的萬里和青雪。

萬里暗暗吐了口氣，忍不住瞥了眼身邊的狐妖女孩。

——她該不會是故意用這種引人遐想的方式加入討論的吧？這下又要被那群損友審問一番了……

感受到萬里苦惱的氣息，青雪疑惑地微微歪頭，面無表情地盯著他。

瀰漫在教室內的青春氣息，讓所有人不約而同地忽略了那股不知名的壓迫感。

這就是事件的開端。

第七章——燃燒吧火鳥・貳

昏暗的小店裡，道桌上擺滿顏色黯淡的黃紙，毛筆和硯臺儘管久經風霜，卻仍然能正常使用。滿臉鬍渣的男人坐在道桌後，沒什麼精神地動著筆，古樸蒼勁的書法字在紙面上緩緩滑動著。

陸少峰嘆了口氣。

做這行也有十多年了，雖說生意總是不冷不熱，讓他勉強還能糊口，但積蓄什麼的幾乎可說是沒有。直到最近幾個月，上門的客人才突然熱絡起來，讓人覺得有點莫名其妙。

說是這樣說，他還是用平常的態度好好工作了，只希望這陣生意熱潮不要太快退去，至少讓存款的數字能向上提升一些就好。

面相、算命、驅邪、地理風水，這是陸少峰家祖傳的事業，隨著現代科技和文化不斷發展，這種傳統行業愈來愈難做了。傳到陸少峰這代，也變得只存形式而不具實質意義，就連他自己也不太信這種東西，只是按照既定的流程跑一遍而已。

算命靈驗或是符咒有效，這些不過是巧合罷了，只是信眾一廂情願的心理作用，與陸少峰這個人的能力本身，完全沒有半點關係。

與其把命運和未來寄託在這種虛無飄渺的事情上，還不如好好自己努力，或是謹慎地分析狀況，推算將會發生的事情，還比較實際點。

明明是個江湖道士，陸少峰卻總是這麼想著。

所以他畫下的每個符咒，布下的每個風水局，都毫無感情，就只是按照被授予的知識依樣畫葫蘆而已。

推開泛黃的紙張，陸少峰疲憊地捏了捏眉角，休息片刻後，拉過一疊符紙，大筆連揮，開始製作受委託的住宅守護符祿。

最近這類型的委託愈來愈多，畫個守護靈符也不花多少時間，已經成了陸少峰賴以為生的收入來源。

一如往常毫無感情地以熟練的筆法完成符咒，滿臉鬍渣的男人放下筆。坐在桌前揮毫一整天，就算是他也有點累了，注意力開始不集中，眼皮也感覺相當重。

陸少峰離開桌前，搖搖晃晃地走向內堂，打算小睡一下。

男人的前腳剛走，擺在桌上的靈符和雜物，就被一道靜悄悄的陰影籠罩。沒有引發任何空氣波動的振翅聲，響徹狹小的店面。

一絲輕煙從紙張的邊緣飄出，沉默著燃起的火苗毫不客氣地爬滿道桌。

「市區內再度發生一起火警，這星期內已經是第五起……提醒民眾……」擺放在地上的手機，螢幕上播放著網路上的速食新聞，千篇一律的播報女聲透過揚聲器傳來。

滋嚕嚕嚕嚕。萬里席地而坐，吸著泡麵碗中的麵條，調味包混著熱水散發的香氣，盈滿小廟的前堂。黑幕後的無名土地神無語地看著金髮男孩慢條斯理地吃著速食食品，絲毫沒有對擁有神格的存在表達敬意的意思。

「萬里小子啊……」

「嗯？」叼著筷子，萬里回過頭來。

「你今天特地跑來，應該不是為了在本神面前吃麵的吧……？」

「當然不是啊，我弄到了跟之前那個一模一樣的公仔，今天是來重新做神體的。」萬里從口袋中掏出便利商店集點兌換的贈品，露出人畜無害的笑容。

「放在那邊就好，本神之後再處理，下次別再把神體當成武器丟出去了啊。」想起上次對付樹妖時，自己的分體被果斷摧毀的事情，無名土地神似乎有些頭痛。

「還有，我有件事想問問后土大人。」萬里褪去笑容，放下泡麵碗、撿起手機，將持續發出聲響的影片關掉。

「那些莫名其妙的火災是怎麼回事？」

令人窒息的靜默壓迫著小廟內的空氣。

「似乎就連青雪同學都察覺到了，那怎麼看都不像人為意外或是自然產生的。雖然沒有洩露出半點妖氣，但明顯就是怪異所致，為什麼這次沒有通知我去處理？」金髮男孩逐字逐句地緩聲說道，雙眼中隱隱透出懷疑。

無名土地神沒有馬上回答，而是讓沉默占據了話語之間的空檔好一會。

「萬里小子，這件事情你就別管了吧。」

「為什麼？請至少告訴我原因。」萬里皺起眉頭，疑惑的表情爬上臉龐。

后土不讓自己介入這些原因不明的火災事件，是因為認為他的實力還不夠獨當一面嗎？

確實，比起經驗豐富的爺爺楊百里，自己作為守護者，不論是技術或手法都還遠遠不夠成熟。但萬里實在不覺得無名土地神是那種，會體恤經驗不足的手下而刻意保護他的神明。

「要問為什麼的話，第一，因為太危險了，第二，就算不特別去處理，這起事也會自行落幕。」

「會自行落幕？」萬里滿臉疑問。

「萬里小子，正如你之前所說，人類就像一面鏡子，會真實反映表現出的樣貌。換句話說，萬物何嘗又不是呢？」

萬里沒有馬上聽懂后土的話中之意，只是眨眨眼露出遲疑的眼神。

「聽好了，你之所以感覺不到妖氣，是因為事件的肇因並不是妖怪，而是『災厄』。」

「災厄……？」

「當人類對人類投以惡意時，被投以惡意的人類就會以惡意反擊。同樣的，當人類對森羅萬象投以惡意或不敬時，作為回報，便會有『災厄』降臨。」像是繞口令般的說明，其實並不難懂，無名土地神繼續向下說明。「與妖怪不同的地方是，所謂的『災厄』並不會波及到無辜的群體，單純就是行為所對應的結果而已，所以才沒有要你去處理。」

「原來如此。」儘管感覺哪裡怪怪的，萬里還是乖乖地閉上嘴巴，畢竟多一事不如少一事，土地神說沒事就不要刻意找事，沒來由地辛苦自己。

收拾好東西，把新的土地公公仔放在供桌上後，萬里就甩上背包走出廟門。

上次課堂上的分組報告，意外延伸成課外作業讓全班帶回家做了，所以他和包括青雪在內的幾名同學，約在附近的咖啡館討論報告。

那個狐妖女孩肯定沒料到組員關係會持續這麼久，一想到她等下八成是臭著一張臉來參與討論，萬里就忍不住苦笑。

玻璃門。串鈴。橙色燈光。鋼琴音。木紋。桌椅。白瓷杯。熱氣。咖啡香。

價格算是親民、室內裝潢簡潔溫暖的小店，是附近的學生們常常光顧的店家。不管是來休息聊天，或念書做作業，都相當合適。

一小群高中生圍在桌邊。

正當其他男生為報告內容爭論不休時，青雪一臉生無可戀地盯著沒動半口的咖啡發呆。

其實她對這種又苦又澀的飲料並不是太感興趣，雖然聞起來很香，但入口就完全不是這麼一回事了。現在擺在面前的杯中物，就只是為了滿足這間店的最低消費罷了。

另一邊的萬里倒是很普通地喝著黑咖啡，一臉沒事人的樣子，時不時幫忙協調組員間的意見分歧。

簡單來說，兩個人都在打混。

先不說本來就不是這一掛的青雪，萬里完全就不是塊讀書的料。雖然不算太過不認真的學生，但成績怎樣就是沒起色，尤其不擅長文科類的科目，也難怪在討論過程中插不太上嘴。

明明也算是個與傳統文化掛勾的世家，居然不擅長文科，說出去恐怕也沒有人會相信吧。

「所以我說啊，這個部分應該要……」

「至少先完成上一個步驟的分析吧？」

「這邊弄完之後，分工作下去讓大家各自作業吧……」

「啊，你是上次那個……」

高中男生的聲音中，橫插進一道清脆的嗓音，萬里的背上留下一滴冷汗，緩緩抬起頭。

「原、原來是學姐啊，真巧，妳也來喝咖啡？」

站在他面前的，是之前貓妖事件的受害者林筱筠，烏黑長髮配上模特兒等級的臉蛋和身材，瞬間把全桌男性組員的目光吸引過去。

「喂喂我說楊萬里，你啥時把到高年級的妹子啦？」

「嘖，你這小子手腳很快啊。」

「這些機會……」

「不屬於我啊……」

小組的男性成員們發出凶狠的磨牙聲，用憤恨的眼神對著萬里的後背一陣亂戳，把他刺得直冒冷汗。

林筱筠的身邊還跟了一個綁著麻花辮、戴眼鏡的女生，從學號來看應該也是二年級的學生。兩人貌似是在放學後結伴來咖啡廳的，好死不死就和萬里他們遇上了。

仔細一看，為了遮住脖子上久久沒有消褪跡象的繩環勒痕，林筱筠特地配戴了一種名為頸鍊的皮製首飾。項圈般的首飾環住脖頸，將勒痕幾乎完全遮住。

雖然遮掩的效果很好，但這樣大刺刺地違反服儀規定，讓人不禁有點替她擔心。

和萬里打完招呼後，林筱筠也向坐在桌邊、滿是防衛氣息的青雪揮了揮手，卻被華麗地無視了。

「啊，不好意思打擾你們了，我們去那邊坐哦。」似乎是查覺到桌邊詭異的氣氛，林筱筠尷尬地再次揮揮手，和同行的眼鏡女孩找了個角落的雙人座坐下。

學姐的前腳才剛走，萬里的脖子立刻被各種茶匙和叉子給抵住，他苦笑著攤開雙手擺出投降的姿勢。

「我可以解釋。」看著面前殺氣騰騰的同學們，和直戳脖頸的各種餐具，萬里直冒冷汗。

「但是我們不需要你的解釋！」

「死吧！」

「接受上天的制裁吧！」

在萬里極力仰身，嘗試避開直刺而來的刀叉湯匙時，青雪猛然一震。

金髮男孩的面色一凝。

一陣涼意同時拂過他倆的後頸，莫名的重壓直逼心臟。

牆上掛鐘的秒針像被凍結般顫抖著停下。

之前在學校附近也曾感受過的、似妖非妖的壓迫感，從不遠處鋪天蓋地襲來，讓萬里和青雪的氣息為之一滯。

比起前一次的隔岸觀火，這次是幾乎能激起生物求生本能的危機感，從內心油然而生。

名為災厄的威脅。

「抱歉，我去一趟廁所。」萬里果斷地站起身，無視還在糾結於女性緣的同學們，不由分說地朝咖啡館的門口走去。

——這傢伙未免也太不會說謊，廁所完全不是在那個方向吧……

青雪半睜著眼睛，目送萬里倉促離開。

壓迫感的來源距離並不遠，金髮男孩出了咖啡店後拐進後方的小巷，快步穿梭在林立的透天住宅叢林間。

如果是「災厄」等級的事件，那麼其規模說不定會波及身處咖啡店的學姐和同學們。但因為無法得知「災厄」所引發的現象為何，所以要提前防治是不可能的。

因此萬里才會選擇立刻去尋找壓迫感的源頭，嘗試阻止災難的發生。儘管無名土地神警告過他不要插手，不過當身邊的人有可能被捲入危機時，萬里就無法袖手旁觀。

——在哪裡？即將降臨的「災厄」到底在哪裡？

足以使皮膚感到陣陣刺痛的威壓，每走一步都有漸漸增強的趨勢，這讓萬里的臉色愈來愈凝重。

運動鞋的腳步停在一戶破舊公寓前。牢籠般的格柵式鐵門虛掩著，並沒有上鎖，一共三層、每樓兩戶的擁擠建築結構，彷彿要讓彼此窒息般地卡死在一起。

萬里推開鐵門，拾級爬上髒兮兮的階梯。老舊建築特有的陰冷霉味衝入鼻腔，讓他微微皺起眉頭。

雖然還不到黑夜降臨的時刻，鄰接兩戶住家的玄關處卻開著昏黃的照明燈，替逼仄的空間帶來幾分暖意。

二樓狹小的公共空間，只差一點就要被塑膠踏墊和鞋櫃塞滿。這裡的住戶似乎毫不客氣地用個人物品劃定地盤，在這個即使沉默、卻依然隱藏著人心的明爭暗鬥的玄關中，充斥著山雨欲來的危險氣氛。

「就是這裡了嗎……」萬里的臉一沉，撫了撫後頸因為顫慄而豎起的汗毛，小心翼翼地環顧起四周。

兩邊住家的門上貼滿了鮮豔的春聯，其中一戶水泥材質的門沿邊緣，還煞有其事地貼了保平安的黃色符咒。在萬里生活的城市中，這是相當常見的景象。

正當他猶豫著要不要去按按看門鈴時，一道細碎的腳步聲從下方的樓梯間傳來。

萬里急急轉身，一隻手朝他的領口抓來。

「哈啊……哈啊……萬里學弟，你在這裡，做什麼……」

似乎是一路奔跑追來的林筱筠，緊抓住萬里的衣服，氣喘吁吁地扶著膝蓋休息，一頭長髮因為奔跑而稍微亂掉了。

「呃，學姐才是，為什麼要跟著我過來？」萬里不禁因為林筱筠的存在而略為分心。並非被她的外貌吸引，而是為認識的人如此接近危險而感到擔憂。

「我好像……感覺到了什麼不好的東西，哈啊……看到你衝出去就跟過來了，這次也是跟我有關的事件嗎……？」好不容易慢慢止住喘息的林筱筠，抬起頭擔心地問著。

不能因為自己的關係，再給別人添麻煩了，貓妖女孩是這麼想的。

萬里搖搖頭，正思考著要怎麼和學姐解釋時，一絲炎熱的氣息撫過他的鼻尖。

內心警鐘大作。

萬里還來不及回身查看，林筱筠猛地抓住他的肩膀的動作，和臉上浮現的驚慌表情早已說明了一切。

原本仰賴昏黃燈光照明的狹窄玄關，接近天花板的上空，憑空抽出一綹綹發出熾熱光芒的火絲，聚集、編織、成形。

雙翼舒展。

像是迷你版太陽的強光和高溫，頓時填滿了陰沉的空氣，細碎的灰塵在光芒照耀下滾滾翻騰。

由陽炎構成的巨大猛禽懸浮在半空中，熊熊燃燒著，背部和翅膀緊貼牆壁和天花板，幾乎把所有剩餘的空間都占用殆盡。刺臉生疼的熱氣和壓力，讓萬里不得不拖著不知所措的學姐退到樓梯下。

糟糕。萬里皺起眉頭。

看來這就是后土所說的「災厄」了，近日市內火災的元凶，恐怕就是這玩意兒。還來不及搞清楚生成條件和退治方式就迎面撞上，運氣可說是差到不能再差了。

偏偏自己今天完全沒有準備就跑了出來，還得顧著沒有自保能力的學姐……雖說也可以轉頭就走，但總不能眼睜睜看著別人家被燒毀吧？

「學弟，這是怎麼回事？」林筱筠緊張地抓住萬里的肩膀，因為面臨威脅而本能地些微妖化，使貓妖女孩的瞳孔在強光前豎直，制服邊緣散溢出恐慌的妖氣。

「抱歉，沒時間慢慢解釋了，學姐，請妳先趕快下樓，然後想辦法通知附近的住戶和路人盡快疏散。」

這個社區的建築排列得太過緊密，只要其中一戶起火，很快就會波及四周。到時候就不是什麼懲罰應受災厄之人了，整個社區的居民都得陪葬。

萬里摸索著口袋，掏出藏在皮夾裡，之前用剩下被隨手塞著的某張符咒。雖說在如此破格的存在面前，一兩張符咒基本上起不了什麼作用，但也不無小補，總比赤手空拳硬上好。

貓的影子映照在牆上。

「我、我也來幫忙。」儘管身體害怕得發抖，但林筱筠仍然妖化狀態全開，除了瞳孔外，貓耳和尾巴也竄了出來，往前一步站在萬里的身邊。

「學姐，這邊很危險，萬一出了什麼差錯，我沒把握能保護妳。」萬里語氣急促地說著，「而且真的需要有人去幫忙疏散居民，拜託了，請趕快離開。」

「不行！」林筱筠大聲拒絕了他的指示，手指的指甲悄悄變硬、變尖，嫵媚的大眼因為害怕而盈滿淚水，她卻仍然沒有要走出這棟建築的意思。

「我現在……沒辦法克制自己變成妖怪的樣子，不能就這樣跑出去，抱歉了，萬里學弟。」

萬里一怔，學姐說得確實沒錯，維持妖化的模樣走出去，實在太招搖了點。在這股致命壓力還存在的情況下，對力量掌控還不熟悉的林筱筠，會無法克制住妖化的本能也無可厚非。

「……好吧，學姐，那至少請退到我的身後。」萬里稍稍做出了讓步。

「嗯，對不起……」

林筱筠的身形在女孩中也算高挑，但要萬里用寬闊的背脊完全遮蔽她，卻也不是什麼難事。兩人吞了口口水，盯著現形後遲遲沒有行動的巨大炎鳥警戒著。

狹窄空間中不流通的空氣，加上緊張感和災厄級別的高溫，讓萬里和筱筠瞬間就汗流浹背。

金髮男孩捏著符紙的手微微顫抖，僅僅以一張薄薄的紙片為武器，就要對抗實力完全不同次元的存在，實在是太強人所難了。

但是……不能逃，必須有人阻止它。

即便無名土地神已經交代他不要插手「災厄」的降臨，在發現傷害有可能擴散到無辜的人們身上時，退無可退的使命感還是纏上萬里的心頭，帶著他來到這裡。

一人一貓繃緊全身上下的每處神經，觀察著眼前「災厄」的變化。

火鳥寂靜地燃燒著，不斷扭曲、變化著形體，如同構成它身體的火焰，擁有流體能量般的性質。

相較之下，狹小玄關裡的時間卻彷彿凝固了，明明只過了幾十秒，卻像經歷了數百年這麼久。

萬里的眉頭一震。

原本盤旋不定的火鳥，猛然仰頭，發出混著女人尖叫聲般的高頻率長嘯，幾乎要將兩人的鼓膜震破，熾焰隨之暴漲。

符咒脫手而出。

功用原本是鎮煞時拿來穩固氣場的符咒，在萬里意志的催動下，如同鐵椿般直直插向兀自熊熊燃燒的火鳥，破開那由純能量構成的軀體，撞在後方的牆上。

接著被燒成飛灰。

萬里傻住了，一秒。

身體被開一個洞的火鳥，瞬間恢復原樣，絲毫不受影響地伴隨刺耳尖嘯俯衝而下。

頃刻間，狹小的公寓玄關化為一片火海。

火。火。火。炎。火。炎。焱。火。炎。焱。火。火。火。炎。火。焱。火。

熊熊燃燒。

依靠運動員體能和妖怪的直覺左右跳開，躲避火焰直擊的萬里和林筱筠兩人，卻仍然被燃燒所造成的濃煙嗆得連連咳嗽。還來不及做出反應，大火就以不可思議的速度迅速延燒，很快的，樓梯間也被熾熱的火焰占滿，幾乎就連站立的空間都沒有了。

——這下不妙。

萬里勉強屏住呼吸，在煙霧中睜開眼睛，牆角火焰的高溫逼得他不得不往內側靠。另一邊的林筱筠也驚慌地退了回來，反射性地夾起尾巴避開亂竄的火苗。

舊住宅區建築的防火設計實在叫人不敢恭維，除了樓梯間以外，完全沒有半個能通往室外的出口，但現在那唯一的通道也被大火封住了。

強烈的濃煙，逼得萬里和林筱筠不得不彎下身接近地面尋求新鮮空氣，再繼續這樣下去，不用多久，兩人就會因為滿室的煙霧而嗆暈，束手無策地等待烈火焚燒。

距離死亡，只有一線之隔。

萬里迅速轉著腦袋，他知道愈是這種緊要關頭，保持冷靜的思考就愈重要。驚慌失措只會讓情況惡化，不會有任何幫助。

那個火焰的型態和延燒速度都詭異得非比尋常，既然是「災厄」的本體，貿然接觸到皮膚的話，恐怕不只是很燙或灼傷這麼簡單，所以正面硬衝肯定不是上策，但是……現在也別無選擇了

他伸出強壯的臂膀，勾住四肢著地、正想鼓起妖氣硬衝出去的學姐，不讓驚慌失措

的貓妖女孩隨意逃竄，接著他豎起右手的食指和中指。

那是名為「刀印」的手訣。

——雖然沒有真的嘗試過，不過照理來說應該行得通吧？

萬里抱著姑且一試的想法，仔細觀察下方的樓梯間，迅速測量著距離。

賭一把吧！雖說就算成功了，面對這麼大陣仗的火勢，效果可能也不明顯就是了……

實在想不出其他辦法的萬里，忍不住自嘲地苦笑，緩緩抬起手。

「等下我一喊，妳就往外衝。」在眼睛幾乎睜不開的濃煙裡，金髮男孩艱難地開口，臂彎中的林筱筠乖巧地點點頭。

——自己就要死在這裡了吧？

這樣的預感不約而同在兩人腦海中湧現。

青色火焰安靜地點燃。

身穿制服的纖瘦人影出現在樓梯口的另一端，濃煙遮蔽了她的容貌。與凶猛肆虐的紅蓮之火不同，細碎的深青色狐火無聲無息地纏上樓梯欄杆，儘管速度緩慢，卻將火鳥遺留下的火焰一點一滴地推開。

原本應該在咖啡館參與小組作業的青雪，在這千鈞一髮之際趕到了。除了如及時雨的狐火外，還額外送上經典的凶狠瞪視。

——快出來，都特地跑來了，最好別讓我白費功夫。

那個快要能殺人的眼神是這麼說的。

無關物理性的溫度，萬里的背上狂冒汗水。

不過光憑青雪的狐火，還是沒辦法一口氣清出道路，頂多讓突圍的希望大了些，最後還是得賭一賭。狐妖女孩的即刻救援，只是讓賭桌上兵敗如山倒的頹勢挽回那麼一點點而已。

刀印依舊。

「喝！」

萬里右手朝下猛揮，食指和中指結成的刀印，伴隨著破空聲切開空氣，帶起的風壓將烈火猛力劈開，衝擊波筆直飛向樓梯的另一端，勉勉強強和青色的狐火接頭。

過度專注使萬里的腦袋發燙，視野的邊緣震盪著，兩槓鮮血從挺拔的鼻樑下方流出。

就是現在！

貓的瞳孔驟然縮小。

鞋底一緊，就在凶猛的火舌撲向萬里和林筱筠的前一秒，兩人雙雙猛撲、飛竄而去。

濃煙和滾燙的火星遮蓋他們的視線，眼睛不禁飆出淚水，一瞬間的滯空讓身體感受到靜止般的漂浮感，滾燙的溫度烙印在肌膚上。

接著重重摔在地面上。

青雪的裙襬隨著鼓起的勁風飛揚，終於支持不住的狐火噗地消失無蹤。萬里和林筱筠滾倒在她的腳邊，激起了股股塵埃，火焰只花了一秒就重新吞噬了裸露的臺階，還來不及喘半口氣，三個高中生就拚命地拔腿就跑。

躲避身後瘋狂吞吐的火舌。

毫無停滯地衝出著火的老舊公寓，萬里筋疲力盡地躺倒在柏油路面上，大口大口喘氣，眼角餘光瞄見染滿火光的建築物，內心忍不住長嘆一聲。

果然不是這麼好應付的東西，一個沒搞好，差點連命都丟了，下次可得謹慎點……

驚魂未定的林筱筠止不住妖化，只好用雙手遮住頭上的貓耳，把尾巴夾在兩腿之間，像小動物般縮成一團。

青雪緩緩坐倒在地，冷靜地打電話通知消防隊，指尖卻仍隱隱顫抖著。就連夜狐族引以為傲的青色火焰，在那凶猛的爆炎前似乎也微不足道，光是與之抗衡數秒的時間，就幾乎耗光了她的所有氣力。

太可怕了，所謂的「災厄」……

一時之間，三名高中生只能動彈不得地待在原地，呆呆地看著滾滾濃煙從建築物中竄出。還好防火巷發揮了功能，火勢才沒有延燒到旁邊去。

刺臉生疼的逼人壓力已經消失，只留下熱烈燃燒的火焰。

對於「災厄」形成的原因仍然一無所知，還差點把身為局外人的學姐牽連進來，最後更是靠著妖怪的幫忙才勉強脫身。要不是古代驅魔師流傳下來的「刀印」發揮奇效，恐怕今天自己就得葬身於此了。

——徹底吃了個大敗仗呢……

萬里揉了揉眼角，這次連苦笑都擺不出來了。

「謝啦，青雪同學，要是妳沒來的話，我和學姐恐怕就逃不出來了。」

「謝謝妳……」

面對坦率道謝的萬里和林筱筠，青雪默默別開臉。

「無所謂，反正我也沒損失。」

老實說，就連青雪自己都不清楚，為什麼在萬里離開、林筱筠追出去後，自己會有點坐立難安。也許是妖怪的直覺告訴她，那股直迫心臟的壓力非同小可，不去一探究竟的話，恐怕會後患無窮。

也或許……是因為同桌的那些男生自己一個都不認識，萬里一走，氣氛就變得很尷尬的關係吧？

「楊萬里。」

「嗯？」聽到青雪輕喚他的名字，金髮男孩坐起身，露出疑惑的神情。

「你剛剛，用了什麼法術嗎？」緩緩瞇起眼睛，狐妖女孩沒放過萬里劈開火焰時豎起的兩根手指。

雖然還年輕，但青雪也知道那個手印代表著什麼。

那是某個古老職業的獨有技能。

自稱不是驅魔師的人類，卻老是用類似驅魔師的手法解決問題，不免讓人覺得很可疑。身為隱藏在人群中的妖怪之一，青雪實在不想在未來的某個時候，後悔在今天出手救了這個總是露出溫和笑容的男孩。

彼此相遇的驅魔師和妖怪，都背負著終有一天必須一戰的宿命，古往今來沒有例外。

「啊啊，妳說這個嗎？」再度結起刀印，萬里的手指在空氣中揮了揮，絲毫沒有注意到青雪瞬間倒豎的尾毛。

「這叫做『刀印』，似乎是驅魔師的小把戲，用來斬妖除魔的樣子，詳細的用法我也不清楚。」沒有讓青雪有吐槽的機會，萬里聳聳肩。

「老實說，我也不知道居然會成功，雖然大概知道原理，不過之前從來沒有試過。想說既然都叫『刀印』了，就當作大刀用用看，看能不能靠著『斬』的風壓排開火焰，沒想到居然真的成功了……但要我再做一次恐怕就沒辦法了。老實說，就連剛剛那下都很勉強，再來一次我的腦袋可能會先燒掉。」

指著鼻尖下殘留的血跡，萬里無所謂地笑笑。

在一旁聽著林筱筠不禁露出「咦？咦咦！我剛剛都把自己的命運託付給什麼鬼東西了?!」的表情。

「……所以具體來說，你是怎麼做的？」強忍著一掌往萬里的腦門拍下去的衝動，青雪咬牙詢問著。

「就想著，劈開吧劈開吧，很虔誠很用力很相信自己地這麼想，然後，喝！」

啪。

「呃，青雪同學？妳為什麼突然打我？」

眼神徹底死掉的青雪，用手刀往萬里頭上又是猛力一劈。

啪。

——這個傢伙，到底把古老的咒術當成什麼了啊……

「青雪同學？」

「閉嘴，愚蠢的人類。」

啪。

哪有人那樣用刀印的，說到底，刀印跟實體的刀子在使用上可說是八竿子打不著啊。哪有人隨便相信自己一下就能用手指劈開火焰的，根本就是鬼扯。

啪。

「那個……我說啊，青雪同學？」

「囉嗦。」

啪。啪。啪。啪啪啪啪啪。

「是我的錯覺，還是妳打我的節奏真的在慢慢加快？」

「是你的錯覺。」

啪啪啪啪啪啪啪啪啪啪啪啪啪啪啪。

遠方隱隱傳來消防車的鳴笛聲，林筱筠口袋裡的手機也像是應和般隨之響起。

「喂喂？葛葉嗎？抱歉剛才突然跑掉……嗯嗯我沒事，現在馬上就回去……嗯嗯……」電話的另一頭似乎是和林筱筠一起去咖啡館的麻花辮女孩，大概是因為同伴消失太久，擔心得打電話來找人了。

冷靜下來的林筱筠，一邊和名為葛葉的女孩通話，一邊悄悄收起貓耳和尾巴。

周圍的住戶似乎也開始發現異狀，紛紛衝出來盯著著火的舊公寓看，議論紛紛地拿起電話報警。

「我們回去吧？其他人還在等我們做報告呢。」萬里用制服的袖子抹了抹臉，擦去鼻血和塵埃。

青雪嘆了口氣，停下敲打萬里腦袋的動作。

「走吧。」

三人先後站起身，低調地溜出漸漸聚集起圍觀人群的住宅區，回到咖啡館坐落的商店街前。熙來攘往的行人，讓剛才生死一線的經歷彷彿是一場幻夢。

萬里的腦海中不禁浮現，無名土地神警告他不要插手連續火災事件時的聲音。

雖說自己已經盡力阻止過了，但似乎沒有起到半點作用，還差點連學姐的命一起賠上，看來身為這塊土地的守護者，自己還遠遠不夠成熟。

再加上……

那隻燃燒的火鳥。

所到之處就會引發火災，記得書本上確實有記載著這種似妖非妖的存在，被稱之為災厄。

但實際面對面之後，又好像有哪邊不太一樣……

細小的違和感在萬里的思緒中擺盪，看也看不清，抓也抓不到，說不出的異樣久久不能消散。

若是「災厄」的話，給人的感覺應該更單純才對。

萬里隔著燃燒的火鳥，感受到了一絲絲隱藏在背後的「意念」。雖然只有微乎其微的一小點，但如果「災厄」和下雨、颳風一樣都是自然現象的話，那麼本就不該有任何感情或意識才對。

當然也可能只是自己想多了。

「算了。」

搖搖頭，萬里把多餘的念頭屏除在外，跟著兩個女孩走進咖啡館，烘焙咖啡豆時獨有的香氣撲面而來。

名叫葛葉的麻花辮眼鏡女孩，看到林筱筠歸來似乎鬆了口氣。她站起身迎接林筱筠，反倒是萬里那桌的男孩們一臉正常地依舊坐著討論報告。

——之後再回去問問后土大人吧。

他是這麼想的。

第八章——燃燒吧火鳥・參

學校鐘聲一如往常地響起，還坐在位置上的學生不約而同鬆了口氣，如釋重負。因為就在這一刻，本週的課程正式宣告結束，所有人都能獲得為期兩天的喘息時間，可以好好應付課業和休息。

「……那麼星期一早上，請同學準時把作業交上來，以上，祝同學們有個愉快的假期。」注意到教室裡蠢蠢欲動的氣氛，負責數學的班導師無可奈何地宣布下課。

畢竟要是繼續堅持拿著粉筆，自己瘦弱的胸膛，可能會被臺下幾十道渴望回家的殺氣給轟得千瘡百孔吧。

幾分鐘前還靜悄悄的校園，轉瞬間就被各種躁動的鼎沸人聲淹沒，早已趁上課時間收拾好書包的學生們迫不及待地衝出教室。

「啊，青雪同學，等等請妳來導師室一下。」正準備開始收拾的狐妖女孩，被叫住後明顯露出不耐煩的表情。

八成是那件事吧，不，一定是那件事吧……

青雪暗暗嘆了口氣。

社團志願的表單還沒交。

青雪和萬里所屬的高中，有所謂的社團課時間，強制所有學生都要加入一個社團進行活動。偏偏青雪對所有社團都沒興趣，只想靜靜待在教室角落，所以選填社團的單子，拖延了很久還沒交。

拖到班導先生都要出面了。

滿臉陰沉的狐妖女孩拖著腳步，走向走廊盡頭的導師辦公室。

如果要排出人生中前三大不喜歡的事情的話，和學校相關的人士打交道絕對不是第一名就是第二名。偏偏自己對選社團這件事又完全沒有想法，學校的社團相當注重參與度，基本上如果不出席的話就會被視為曠課，是非常讓人頭痛的制度。

「報告，抱歉打擾了……」有氣無力地念著進辦公室前必要的禮貌性招呼，青雪輕輕推開門，偌大的室內除了她以外，很反常的只有一個人。

「妳來啦？先在那邊坐一下。」頭頂微禿的班導師先生坐在辦公桌前，指指不遠處的木製桌椅。一整天的課堂操勞下來，疲憊毫不客氣地占據了他的臉龐，讓本來就開始邁入中年的男人更顯老態。

制式辦公桌上墊著綠色和透明兩層桌墊，透明的那層桌墊下方，放著課表和班導師家人的照片，以及來路不明的平安符。

照片裡，被兩雙手臂緊緊抱住的嬰兒露出笑臉，班導師一家三口在白色框框中洋溢著幸福的氣息。

狐妖女孩默默別開眼睛。

「知道為什麼找妳來嗎？」等青雪坐好後，班導師先生清清喉嚨，用那千遍一律的開場白打開話匣子。

「因為我的社團志願還沒交？」

「為什麼到現在都還沒交？」變相肯定了青雪的回覆，班導師先生嚴肅地反問。

——還能怎樣，就沒有想加入的社團啊……

青雪忍不住在心中抱怨著。

「青雪同學，社團志願的表單在這裡，給妳半個小時考慮可以嗎？應該也有影片欣賞或是棋藝社這類比較靜態、不需要互動的社團可以選擇，請妳盡快決定，好嗎？」

「……好。」

被班導師先生這樣客氣地拜託，就算冷酷如青雪也無法推辭，更何況本來就是自己有錯在先。

「那老師先出去倒杯水，妳慢慢考慮一下。」

「嗯。」

沉默地點點頭，青雪目送班導師先生推門出去裝水，在門板還來不及闔上時，一道熟悉的高大身影走了進來。

青雪的嘴角抽了一下。

似乎是來補交作業的萬里，小心翼翼地把幾份試卷放在班導師的桌上，接著直起身，不經意地對上狐妖女孩的視線。

「啐。」

「這是什麼反應啦……太失禮了吧……」面對像是太妹一樣狠狠啧一聲的青雪，萬里只能無奈苦笑。

雖說已經開始漸漸習慣這個妖怪同學的行為舉止，但有時候這種毫不掩飾的嫌惡感，還是頗讓人吃不消。

「話說回來，老師把妳叫來做什麼啊？」金髮男孩腦袋一轉，想趕緊換個話題，好讓眼前的女孩那滿滿帶刺的氣息能稍微緩和些。

干你屁事。

正想這麼說的青雪，在話衝出口前又硬生生地收了回來。

仔細想想，這傢伙好歹在學校裡也是個生活充實的人，應該對選社團這種事滿有想法的吧？

不知道青雪在盤算什麼，萬里滿頭疑惑地回望瞇起眼睛的狐妖女孩。

「楊萬里。」

「嗯？」

「你是什麼社團的？」

「啊？怎麼突然問這個？」

「快說。」

「我是籃球校隊的，所以不用選社團啊？妳不知道嗎？社團時間我們都在練球，所以選了也不太能參加，乾脆就不選了。」

「嘖，真是沒用的男人。」

毫不留情的言語像是箭矢般，直直射穿萬里幼小的心靈。

「怎麼突然問起社團的……」勉強露出苦笑的金髮男孩，表情卻在下一秒突然僵住。

青雪的瞳孔猛然倒豎。

牆壁上掛鐘的指針悄悄停止移動。

像是遭到鼓棒重擊，兩人的心跳同時漏跳了一拍，在沒有互相溝通的餘裕下，萬里和青雪急急轉身，背靠背警戒著，迅速環顧四周。

幾乎要把身軀壓垮的龐大壓力籠罩整間辦公室，空氣像是液化了，凝膠般附著在皮膚上，悶熱地停止流動。室內溫度漸漸升高，兩人的制服被汗水浸溼。

「不會吧……」萬里頭痛地嘆了口氣。

有了上次的經驗，他可以肯定這股壓迫感就是「災厄」降臨的前兆。

「這裡可是學校辦公室欸，發生的場地就不能有規律點嗎？社區大樓、住宅區，再來是學校……」

「要逃嗎？」無視懊惱地揉著眼角的萬里，青雪不帶感情地問道。

既然在上回的經歷後，已經確定了所謂「災厄」不是人力所能解決的事件。那麼在嗅到事發的徵兆時，就先採取迴避的動作，對以生存為第一要務的妖怪來說，是再合理不過的判斷。

但以萬里的角度來說，就算已經是放學時間，校內依然有眾多師生。如果象徵災厄的火鳥如預期般降臨，那麼焚燒的火焰很可能會一路蔓延，席捲處處連接在一起的校舍，造成無法預估的巨大損害。

「我想留下來觀察一下，青雪同學先離開吧。」

收到不出意料之外的回答，青雪暗暗嘆了口氣，沒有馬上舉步離去，而是回頭看了眼身後男孩的模樣。

萬里正專注地結起刀印，仔細感受空氣中瀰漫的異樣。高度集中精神使他的臉色稍顯凝重，繃緊的健壯身軀像是滿弓般蓄勢待發，給人一種要是輕舉妄動就會被凶狠反擊的感覺。

真是太愚蠢了……即使知道自己很弱小，卻依然產生能擊敗強大敵人的錯覺，這種過度相信自己能力的特質，正是人類經常失敗的主因。

青雪嗤之以鼻地哼了一聲。

「先走了，可別隨便死掉啊，我可沒有連續救你兩次的閒工夫。」話才說完，狐妖女孩掉頭準備離開。

「不，先別動。」

「楊萬里，別死皮賴臉了，我不是……」

「別動！」

狐妖女孩脖頸後的寒毛直豎，硬生生停下全身的動作。

即使是一向穩重溫和的萬里，查覺到所處的危機時，也顧不了維持平穩的聲線了。

青雪停止反駁，默默掃視著自己身邊的空氣。

極度細小的火絲在半空中浮動著，像是絲線般纏繞著萬里和青雪的四肢、軀體。包含辦公室的桌椅、書架，只要是稍微有空隙的地方，全被放出高溫和光芒的火絲包圍了。

足以讓空氣產生扭曲的熾熱能量，使兩人的呼吸漸趨困難。

「別動……」萬里的額角滿是汗水，腦筋迅速轉動著。

根據上次的經驗，這些火絲是「災厄」的本體現身前的最後一個徵兆，接下來這些發出光芒的細線，便會聚集、編織、成形。

接著火鳥降臨，災厄爆發。

雖然不知道這些火絲的特性為何，但光是隔著空氣就能感受到其散發的高溫，由此可見不貿然碰觸才是上策。問題是在全身都被火絲纏滿、行動被封死的現在，就這麼持續維持不動，恐怕也無法安然脫身。

畢竟這些細小的火絲，可是那窮凶極惡的災厄化身。

怎麼辦？

短短幾天內連續兩次面對死境，該怎麼辦？

不管是人類或狐妖，都陷入了動彈不得的困境。

「喂，你就不能想想辦法嗎？」

「就算青雪同學這麼說……」我也沒有辦法啊。萬里忍住沒把話語的下半部說出來。

「嘖。」青雪的瞳孔縮成一線，雙唇間露出尖銳的獠牙，辦公室的壓迫感已經強大到連她都不得不依著遇險的本能現出原形。

再過一下，不，恐怕下一個瞬間，這裡就會變成火光衝天的煉獄吧。即便知道這個事實，人類和狐妖卻仍然束手無策，只能任由心臟發瘋般地鼓動。

嘰咿呀啊啊啊啊啊啊啊啊啊啊啊啊啊啊啊啊啊啊啊啊啊啊啊啊啊！

女人尖叫聲般的高頻率長嘯貫穿萬里和青雪的耳膜，兩人不禁痛得彎下身來。辦公室的牆壁和地板顫抖著，班導師桌上放著的茶壺被聲波震得喀喀作響，少許茶水濺了出來，浸溼透明的塑膠墊。

滿室的火絲大幅扭曲、浮動、漲大。

僅僅是一個呼吸的空檔，細小的火絲就吞吐成熊熊火舌，朝四面八方噴發、蒸騰。

「喝！」萬里拚力揮下結起的刀印，就著劈開的風壓落地滾倒，勉強脫出火舌的綑綁。

青雪鼓起全身的狐火，飛竄逃生，但尾巴尖端的那撮雪白毛皮還是稍微被燒焦了。熱氣在辦公室內瀰漫、翻滾，幾乎使人無法呼吸，滾燙的溫度入侵肺部，使獲取氧氣變得格外困難。

來不及重整姿態，人類和狐妖同時抬起頭，看著原本盤踞在辦公室家具上的火絲紛紛騰起，聚集在天花板前端，編織、成形……

紅蓮的雙翼舒展開來，強光四射。

足以籠罩整間辦公室的巨大火鳥盤踞在空中，睥睨著匍匐於地面的狐妖與人類。刺眼的強光與高溫讓他們幾乎無法睜開眼睛，皮膚彷彿快被烤焦，傳來陣陣灼痛。

單單只是「出現」，就逼得周圍萬物全數臣服在火焰和重壓之下，這就是「災厄」所蘊含的力量。

不知道是不是空間容納量的問題，在教師辦公室內現形的火鳥，比起上次在狹小樓梯間出現時，感覺又更強大了許多。

但在短短幾秒鐘後，由火焰匯聚而成的巨鳥並沒有像上次一樣俯衝而下，只是浮在空中，痛苦地扭曲形狀。火鳥再度放出震人耳膜的尖銳叫聲，將玻璃窗和天花板都震得格格作響。

純粹的火焰變形、蠕動著，雖然還勉強維持著鳥類的外形，身軀卻不自然地鼓脹，簡直就像吹飽了的氣球一樣。

「這是怎麼回事……」萬里捂著耳朵，臉上露出吃力的表情，嘴裡吐出的喃喃自語被尖嘯的聲浪給淹沒。

妖化後，五感都變敏銳的青雪就更淒慘了。龐大的音波震盪衝擊著耳膜，讓她頭昏腦脹，痛苦地蜷縮在地上，尾巴一抽一抽地痙攣著。

動彈不得的一人一狐，很快就發現事情的嚴重性。儘管現形的時候似乎有點失控，但名為「災厄」的炎鳥很快地調整好姿態，恢復成正常大小，大大地展開雙翼，預告了即將發生的事——

巨鳥化為無數的火球，隕石般無情地落下，沉重地轟擊在辦公室的地板、桌椅和一人一狐身上。足以將金屬融化的高溫在瞬息間將室內化為一片火海，燃燒著，狂宴著——這個想像的光景在萬里腦海中一閃而過。

然而，他心中預期的一切都沒有發生，沒有從天而降的烈焰，也沒有毀滅性的高溫，甚至連刺耳的尖嘯聲都嘎然而止。

喀擦，辦公室的門被輕輕推開，綁著麻花辮的女孩從門板後走了進來。

牆壁上時鐘的指針，徐徐繞著圓弧前進。

就在門推開的那剎那，光芒、高溫、噪音就像變魔術般統統消失了，就連半點殘餘的火星都沒留下，讓萬里之前賭上性命嘗試阻止災厄的行動，簡直就像笑話般愚不可及。

「報告。」說著例行的探訪話語，女孩轉身將門關上，平靜地移動到辦公室角落，將一疊作業簿放在某個老師的座位上。

女孩用奇怪的眼神看了一眼蹲踞在地上的萬里，和來不及解除妖化只好縮在萬里後面躲著的青雪，推開門離開辦公室。

天花板上方什麼也沒有。

青雪默默站起身，拍拍裙襬上的灰塵，狐耳和尾巴消失無蹤，同樣的——「災厄」也是。

萬里的眼神透出一絲銳利。

冷冷瞄了眼沉思中的金髮男孩，青雪坐回椅子上，開始填寫社團志願的表單。

僅僅是一個開門的動作，就把「災厄」消於無形，這種鬼扯般的事實發生在眼前，實在太讓人難以相信。如果要從火鳥弔詭的行徑中尋找線索的話，那個女孩大概是唯一的突破口了吧。

萬里對那個標誌性的麻花辮有印象，林筱筠和他們在咖啡館巧遇時，旁邊跟著的女學生就是她，名字好像叫做……

「葛葉……嗎？」

學姐呼喊著麻花辮女孩的畫面還依稀留在記憶中。

「事情變得複雜了呢……」萬里頭痛地揉揉眼角，嘆了口氣。

隔天趁著午休時間，萬里忍著進入高年級區域的不適感，來找林筱筠打聽關於麻花辮女孩的事情。但是擁有校花級美貌的學姐，平日本就不缺追求者，從同班同學到外校學生，甚至連社會人士都常常對她大獻殷勤，不過都被委婉地一一拒絕了。

「嗯？真難得你會來找我呢，萬里學弟。」林筱筠笑吟吟地靠在走廊邊，看著滿臉尷尬的楊萬里狂冒冷汗。後者正被高年級男性們尖銳的視線瘋狂戳刺背後。

現在單身的林筱筠突然被低年級的學弟叫出教室，也難怪眾多雄性追求者會冒出敵意。

「那個……我們可以換個地方說話嗎？」背後插滿眾多醋意滿滿的目光，萬里苦笑著指指外廊。

「不要，就在這邊談不好嗎？還是學弟你……想把我帶去什麼奇怪的地方呢？」

面對露出耀眼笑容的林筱筠，萬里感受到插過來的已經不僅僅是目光而已了，他甚至聽到教室裡掀起一陣翻找刀具的聲音，讓人不禁開始擔心自己的人身安全。

這個學姐絕對是故意的……為什麼自己身邊的女人總是這麼麻煩啊……忍不住想起了某個擅長嫌棄顏藝的狐妖女孩，萬里嘆了口氣。沒辦法了，只好以其人之道還治其人之身，雖然自己很不擅長這種手段就是了……

「筱筠學姐。」

「咦？嗯嗯……」面對滿臉認真看著自己的萬里，林筱筠一時之間有點不知所措。畢竟本體其實也是個帥哥，突然擺出氣勢逼人的態度，讓金髮男孩渾身散發出不容拒絕的威壓感。

「要在這邊談也沒關係，不過……」萬里猛然伸出筋肉結實的手臂，碰的一聲將手掌重重壓在林筱筠臉龐右方二十公分處的地方，帶起的風壓讓女孩的髮絲瞬間飄揚起來，他緩緩將嘴唇湊近林筱筠耳邊，炙熱且逼人的話語輕撫而過。「妳確定要把我們之前在住宅公寓獨處時發生的事情，講給所有人聽嗎？現在？在這裡？」

林筱筠的臉龐噗地脹紅，不知道是因為話語內容過於刺激，還是耳際受到男性氣息的猛攻，讓她一時間愣在原地，完全說不出半句話。

不知道是不是錯覺，教室內似乎響起了一陣槍枝上膛的聲音，讓萬里一瞬間有點後悔自己衝動的行為。

不過這招「壁咚女性使其降低智商」的戰術似乎奏效了，萬里趁著林筱筠還沒決定要做出什麼反應，拉著她的手迅速朝外廊移動。

——以後絕對不要再用這種方式達成目的了……

緊抓著滿臉「咦咦咦人家剛剛是被學弟壁咚了嗎」的林筱筠，萬里一邊這麼想，一邊回頭看了眼滿滿凶光的高年級走廊，飛速開溜。

「咳，總之，我有問題想問學姐，方便占用一點時間嗎？」好不容易到了人煙比較稀少的外廊，萬里才鬆了口氣，轉向貓妖女孩正色說道。

「那、那個，我、我們現在還不太熟……就算要也等彼此比較了解之後再……」林筱筠的眼睛混亂地不斷轉圈圈，滿面的潮紅還沒完全退去，正陷入絕讚的胡言亂語狀態中。

「呃，我只是想問個問題……」

「我懂你的、你的意思啦，雖然萬、萬里學弟給人的感覺也很好可是……」

——啊，果然做過火了……

萬里無奈地嘆了口氣，揉揉眼角。

「學姐，上次跟妳一起去喝咖啡的那個女生，關於她，我有些問題想問。」

「欸？葛葉嗎？」林筱筠愣了愣，表情慢慢冷卻下來，換上一副被騙了的表情。「你想做什麼？特地把我叫出來，該不會就是為了問其他女人的事情吧？」

這還是萬里第一次感受到，女性因為自尊心受創而冒出的強烈殺氣。

「話說回來，萬里學弟，原來你是喜歡葛葉那種乖乖牌型的女生啊？真是看不出來呢……」

「呃不，我不是因為這個才問起她的，學姐妳還記得上次遇上火災的事情嗎？」

「當然記得……」原本正氣鼓鼓瞪著萬里的林筱筠，瞬間像受驚的貓咪般縮了起來。

當時受到的震撼仍殘留於她的心中，久久沒有消散。

「我在想，葛葉學姐可能和那隻火鳥有點關係……能告訴我關於她的事情嗎？任何一點跟別人不一樣的地方都好。」

「葛葉嗎？」林筱筠微微皺起眉，歪頭思考。「她還……挺普通的啊？做事很認真，成績也不錯，就是平常不怎麼和班上的大家出去玩，只和幾個比較要好的朋友和社團的人來往。男朋友什麼的也沒有，個性嘛……算是文靜乖巧的類型吧？」

「有特別的愛好或興趣嗎？」

「嗯，我想想哦，她是書法社的社長，這個可以嗎？」

「書法社？」就連萬里也皺起眉頭。這樣聽起來，葛葉真的是個普通到有點無趣的女孩。

「那，她最近有什麼異常的行為嗎？」

「異常的行為？沒有啊。」

林筱筠搖搖頭，萬里則陷入沉思。

難道真的搞錯了？「災厄」在葛葉接近時突然退散，就只是個巧合嗎？但如果只是巧合的話也未免太剛好了點。

不合理之處還不止這樣，體型足以籠罩天花板的火鳥，在噴發前異常脹大的現象可是前所未見，與頭一次遇上「災厄」時的情況迥異，這又是為什麼？

——回頭得去問問那個懶散的無名土地神了。

萬里這麼下定決心。

「啊，如果真要說的話……」林筱筠像突然想起什麼般抬起頭，長長的睫毛眨了眨。「葛葉她本身是沒什麼特別的地方，真要說的話，有別於常人的應該是她所處的環境吧？」

「葛葉學姐所處的環境？」

「嗯，雖然不知道該不該講……」貓妖女孩欲言又止。

「沒關係，如果是涉及個人隱私的話就算了。」萬里也沒想要強硬探聽，要是會造成當事人的困擾，就此打住才是對彼此都好的選擇。

林筱筠想了想之後，緩緩搖頭。

「我想沒關係的，這種事情學弟你稍微去查一下也會知道，就在這邊說吧。畢竟學弟你正在煩惱的事，應該跟妖怪有關吧？」

——其實是跟災厄有關。

沒有聽到萬里心中的喃喃自語，林筱筠深深吸了口氣。

「我和葛葉從國小就認識了，有聽過一些她家裡的事情。」

「嗯。」意識到接下來的對話可能會相當關鍵，萬里立刻提起精神。

「印象中，葛葉的爸爸媽媽在很久以前就分開了，是伯母一個人把她帶大，所以一直過得有點辛苦。不過葛葉從小就很懂事，成績都保持在前段班，是那種典型的優等生。伯母為了維持家計也很努力工作，最近生活算是有穩定下來吧。」

萬里沉默地點點頭，根據他多年來聽故事的經驗，這種老掉牙的開頭，後面肯定會有什麼不得了的開展。

「可是一、兩個月前，葛葉的媽媽突然去世了。」林筱筠的臉色不禁凝重起來，在背後透露好友的隱私似乎讓她有些罪惡感，原先聚焦於萬里身上的視線默默垂落。

「葛葉她……因為這件事受到很大的打擊，直到最近才慢慢走出來，回到學校上課也是這兩週的事而已。如果要說葛葉有什麼特別之處的話，大概就是這個經歷了。」

「抱歉，我可以問問葛葉母親的死因嗎？」萬里低聲追問道。

雖然知道這樣不太禮貌，但直覺告訴他事有蹊蹺，做為一個故事的起承轉合，僅僅是這樣的資訊還太少了。

貓妖女孩的櫻唇輕輕掀動，「是自殺。」

叮咚叮噹——叮咚叮噹——

午休結束的鐘聲響起，教室裡的廣播喇叭隨之放出強大的噪音。

「現在是社團課時間，報告，現在是社團時間，請同學們朝社團教室移動，準備上課。重複一次，現在是……」

啪喀喀喀。剛睡醒的青雪從桌上微微爬起身，滿臉煩躁。瀏海凌亂地貼在額頭上，手中抓著睡前被扔在桌角的鉛筆，在狐妖女孩發洩般的強大握力下，脆弱的木製文具發出碎裂的聲音悲鳴著。

班上同學很有默契地默默避開她的位置，離開教室去上社團課。大家都知道，這個平時沉默寡言的女孩，就只有剛睡醒時會露出怪物般的表情，誰也不敢在這種時候去招惹她。

啪喀！

纖纖玉手一揮，鉛筆像是開玩笑般狠狠插進桌子，足足深入了三公分之多，青雪拍拍裙子站起身，恢復了平時木然的表情走出教室，留下角落瑟瑟發抖的某位女同學。

——哎呀呀，青雪同學又做過頭了呢……

旁觀的萬里半睜著眼睛露出苦笑，隨手把制服一脫，換上球衣，準備去參加籃球校隊的訓練。

自從某個備受期待的高一球員無緣無故休學之後，自己在球隊裡的角色就變得更吃重了，必須加緊練習才行。

不過話說回來，上次她不是還在為選社團的事情煩惱嗎？所以到最後是選了什麼社團去了？

「嘛，算了。」

隨意伸展了一下筋骨，無意間展示了傲人的健美肌肉曲線，萬里小跑步朝球場奔去。

應該不至於出什麼問題吧，只是個社團課而已。

他是這麼想的。

另一邊的青雪在這時打了個大大的噴嚏，不明所以地揉揉鼻尖，遲疑了一下才走進教室，默默走到最邊邊的角落坐下。

筆。墨。紙。硯。人。筆。墨。紙。硯。人。筆。墨。紙。硯。人。筆。墨。紙。硯。
人。筆。墨。紙。硯。人。筆。墨。紙。硯。人。筆。墨。紙。硯。人。筆。墨。紙。硯。
麻花辮。筆。墨。紙。硯。人。筆。墨。紙。硯。人。筆。墨。紙。硯。人。筆。墨。紙。
硯。人。筆。墨。紙。硯。人。筆。墨。紙。硯。人。筆。墨。紙。硯。人。筆。墨。紙。
硯。人。筆。墨。紙。硯。狐。

教室裡面已經被其他社員占據了大半，正安靜地等待負責教學的老師來上課。每張桌上都擺放了筆墨紙硯，整齊排好、靜靜躺著的幾十組文房四寶，使整個室內空間似乎都充滿了書卷的氣息。

書法社。

對空氣中瀰漫的文學氣息似乎有點不滿，青雪微微皺起眉頭，最後還是乖乖待著，沒有馬上奪門而出。

依著生存本能迅速掃視周圍、確認逃生路線後，狐妖女孩意外地找到了有一面之緣的臉孔。

標誌性的麻花辮垂掛在女生制服的背後，戴在臉上的圓眼鏡反射著室內的燈光。青雪想起了昨天差點被「災厄」吞噬後，萬里臨走前不斷叨念的那個名字。

葛葉。

「社長，今天老師臨時身體不適，所以找代課老師來……」

狐妖女孩眼中倒映出某個一年級男生的身影，他急急跑到葛葉身邊，小聲報告突來的異常事態。

麻花辮女孩點點頭，指示後輩去把代課老師接來，接著走上臺向社員們解釋老師缺席的情況。

——原來那個女孩是書法社社長，還真是個無趣的傢伙，怎麼會有人加入書法社還當上社長啊⋯⋯

完全忘記自己也是書法社的一員，心情惡劣的青雪在心裡吐槽著。

在代課老師出現之前，有些比較浮躁的同學開始小聲地聊起天，大部分的人則隨意地在紙上塗寫，或臨摹一些手頭上的名家墨跡。就只有青雪一個枯坐在位置上，死命瞪著白紙發呆。

她開始想走了，當初不該以為書法社感覺很涼很好混就填進來的。

拿起毛筆，沾了點廉價的化學墨汁，青雪沉默地盯著空白一片的宣紙，毫無下筆的靈感。基本的運筆技巧姑且還知道一些，但突然要她憑空揮毫，果然還是強人所難了點。

看了看旁邊同學的桌面，黑色的液體在白色的平面上悄悄暈開，狐妖女孩忍不住想起了某個冒失的金髮男孩，不由分說就把符咒往別人額頭上貼的往事。

不知道那張符是不是他自己畫的？如果是的話，想必那個男人也很擅長書法這種玩意兒吧⋯⋯

葛葉站起身，維持了一下教室內開始躁動的秩序。

就在青雪胡思亂想的時候，一個滿臉鬍渣的高瘦男人，在書法社社員的引導下走進教室。

白色的襯衫下襬有點凌亂，西裝褲的表面也頗僵硬，顯現出男人並不太習慣這身正式裝束。但他似乎沒有怯場，而是冷靜地走上講臺，拿起粉筆寫下自己的名字。即使是用如此生硬的媒介寫字，男人的一筆一畫，卻仍隱隱透出一股蒼勁古樸的氣息。

「同學們好，我的名字是陸少峰，是這堂課的代課老師，原本負責教這堂課的老師身體不舒服，所以臨時聯絡我來代課……」

青雪默默放下毛筆，皺了皺鼻子，注意到葛葉的麻花辮微微顫抖著，眼鏡後的雙眼睜得老大，似乎對代課老師陸少峰的身分感到相當震驚。

「這次我來教的是集行書體大成的〈蘭亭集序〉，大家先把宣紙攤開，我們從行書的字形風格和結構講起……」

啪鏘！

麻花辮女孩猛然站起，手邊的石硯落在地上摔得粉碎，雨點般的墨汁在空中飛舞。

「陸少峰！」

青雪眨眨眼。

包括被叫到名字的代課老師在內，全書法社的人都傻住了。平時個性沉靜的葛葉居然會發出這麼大的聲音，顯然讓所有人都反應不及。

麻花辮女孩滿臉通紅地喘著氣，眼神中寫滿憤怒，前一刻劇烈的起身動作，讓桌子翻倒在地，破裂的石硯碎片把教室地板砸出裂痕，潑出的墨汁也無聲浸染著四散飄落的宣紙。

一支毛筆骨碌碌滾過桌椅間的縫隙，緩緩停在不遠處，即便是這樣細小的聲音，在鴉雀無聲的教室中，依然清晰可聞。

「你……你居然敢……居然還有臉……」

在所有人還來不及反應過來之前，葛葉猛然直衝講臺，對準男人滿是鬍渣的臉，劈面就是一巴掌。

啪！

清脆響亮的耳光聲，貫穿男人的腦袋，陸少峰被女孩毫不留情的力道搧得眼冒金星，一時間無法做出任何反應。

晚了一秒，社員們才意識到發生了什麼事。幾個高年級的幹部趕上講臺，試圖阻止自家社長失控的舉動，但在這幾秒鐘的空檔，陸少峰的臉上又挨了幾個巴掌，整個人失去平衡重重撞在黑板上。

「你這個江湖騙子！騙子！就是因為你我媽媽才……」

「社長！別這樣！」

「葛葉，妳這是怎麼了！」

社員們蜂擁而上，把麻花辮女孩架開。陸少峰愣愣地摸著自己的臉頰，似乎沒有完全掌握情況，對於自己莫名其妙挨揍這件事更是一頭霧水。

青雪安靜地待在自己的位置上，緩緩瞇起眼睛。

從這個男人一進教室開始，她就聞到一股隱隱約約、有點熟悉的味道，說不上來是在那裡聞過，但在葛葉突然的情緒爆發後，青雪的腦袋裡終於把兩者間的關係連結起來了。

葛葉，可能與火鳥有關係的人，可能與「災厄」的異常狀態有關係的女孩，光是出現就阻止了「災厄」降臨、能辦到如此不可思議事情的女孩，正嘶聲力竭地朝高瘦男子哭喊著。

她想起來了。

男人、葛葉、災厄，這三個原本看起來毫不相干的個體，彼此像是手牽手般連接起來了。

著火的公寓住宅，金髮男孩和貓妖女孩朝自己飛躍。

封閉的辦公室，盤踞整個天花板的熾熱猛禽。

——這兩個場景，都有著這個男人的味道。不，與其說是味道，倒不如說是殘留的力量碎屑更準確嗎……

青雪心情複雜地想著，冷眼觀看眼前的鬧劇。

「不好意思，我們認識嗎？」陸少峰撫著腫脹的臉頰，忍不住問道。

他眼前的麻花辮女孩，已經被眾多社員團團圍住，暫時動彈不得，只能咬牙切齒地瞪過來。但光是那股視線，就足以感受到入骨的恨意，讓人不寒而慄。

「哈……哈哈，哈哈啊哈啊哈哈哈啊哈哈……」完全不蘊含半點愉悅的笑聲，隨著葛葉滑下眼角的淚水一起落下，麻花辮女孩顫抖地冷笑著。

「妳剛剛說妳媽媽？妳媽媽是誰？」陸少峰皺著眉，完全不懂為什麼連臨時來幫忙上課，都可以被女學生揍得半死。

光是最近他就夠倒楣的了，自己開的小算命店不知道為什麼被一把火燒得精光，趁著大學老同學生病時，答應幫忙代課賺點外快，結果又被素不相識的女高中生甩巴掌，真是有夠莫名其妙。

陸少峰忍不住在心中拚命抱怨，葛葉張開雙唇吐出的名字，卻讓他的神情大變。

青雪沒有漏掉那瞬間的光景。

在經過一番喧鬧後，好不容易冷靜下來的葛葉被帶去訓話，而碰了一鼻子灰的陸少峰，則跟著學校人員離開了。書法社改為全體自習，一切似乎恢復了原本該有的平靜。

狐妖女孩的宣紙上依然一片空白。

也許是人生中第一次、也可能是唯一一次，青雪突然很想見那個煩人的金髮男孩。

因為她好像……發現不得了的事實了。

「葛葉的媽媽，好像是因為迷上簽賭，欠了大量債款之後被追討，搞到身心俱疲才自殺的。」

坐在小廟的神龕前，萬里把玩著手裡的土地公公仔。前些時候，因貓妖事件損壞的后土神體，終於在今天重新開機，之後無名土地神想必會繼續活力充沛地跟著萬里東奔西跑吧。

不過現在，祂只是隱在黑幕後，靜靜聽著年輕的守護者訴說剛得來的情報。

「聽林筱筠學姐說，葛葉媽媽之前一直按照某個算命師的卜算在簽賭。有段時間賺了不少錢，就整個人沉迷進去了，結果當然是慘賠收尾。不但欠了很多錢，連黑道都上門來討債，最後受不了壓力就自殺了。」萬里嘆了口氣，把土地公公仔塞進胸前的口袋。

「卜算本就是極不精確的概率計算，不論準或不準，都只是機率的問題而已。過度依賴這種東西的人，因此而迎來毀滅，只能說是咎由自取了。」

無名土地神不帶感情地回答，從黑幕後傳來的聲音，迴盪在小廟的四面牆壁間，悶悶震響。

「也是，畢竟這世界上，本來就沒有能真正預測未來的手段，有的只是鄉野愚民的雜談而已。」

「所以呢？為何要特地調查這個女孩的事情，還跑來和本神討論？莫非，萬里小子你看上人……」

啪！一塊坐墊飛旋著砸向神龕正中央，打斷了土地公的話語。

「我碰上災厄了，總共兩次。」明明是如往常般的陽光微笑，但不知為何，萬里的臉龐深處似乎帶著一絲陰寒。他手中拿著另一塊坐墊甩啊甩的，準備等土地公繼續垃圾話的時候就扔出去。

「……不是要你別插手嗎？那可不是妖怪般單純的存在，如果被捲進去很可能會送命的。」如果無名土地神能表現感情的話，現在應該是皺著眉頭的苦惱模樣吧。

萬里搖搖頭。

「我沒有刻意去插手，就只是剛好就在災厄降臨的現場罷了。之所以會提到葛葉學姐，是因為……」

一陣解釋之後，萬里將「葛葉很可能與災厄有關」以及「火鳥突然消失的現象，說不定是受到某種力量影響」的兩種推論說明完畢。

無名土地神沉吟著沒說話。

「照道理來說，災厄並不會反覆無常地降臨後又消失。如果萬里小子你的推論沒錯，那個叫做葛葉的女孩，可能還真的藏著什麼祕密。」

「對於這次降臨的災厄，后土大人知道什麼更詳細的情況嗎？」

畢竟是背負著守護這塊土地職責的神明，有些事情若是沒有人祈求答案，無名土地神是不能隨自己的意志開口解答的，這是身為神明的難處所在。就因為熟知這點，所以萬里才嘗試著旁敲側擊地詢問。

果不其然，無名土地神頓了頓之後，馬上給予了答覆。

「所謂災厄，懲罰對象不外乎是做了傷天害理之事者、不敬天地者、洩露天機者。」

「那麼這次災厄選擇的對象是哪一種？」萬里皺起眉頭，對這種不清不楚的回答不太滿意。

「後兩者吧。」

不敬天地和洩露天機？什麼跟什麼啊……到底是什麼人才能同時做到這兩種事情？而且光是這樣，還是和葛葉搭不上半點邊啊……

好不容易稍微提起了一點勁的萬里，現在又沮喪地垂下肩膀。

「萬里小子。」

「嗯？」

「別太快就洩氣了，其實本神隱隱約約也感覺到，這次災厄降臨的情況有許多不尋常之處。雖然還是不支持你去調查，但既然都遇上了兩次，想必冥冥之中必有緣分，就放手去做吧。對事實追根究柢到滿意為止，這也是成長的一種方法啊。不管是十里或百里，當初也是像這樣一路走來的。」

「嗯，我知道了。」聽到了爺爺的名字，萬里不禁露出五味雜陳的表情。

「更何況，若是真如你所說，『災厄』的形態已經有失控的傾向，那就更有防患未然的必要了。」

「嗯？由天地所降下的災厄，也會失控嗎？」

「當然會，就算是神明，也不是全知全能的啊。」

無名土地神留下高深莫測的話語後，就不再說話，只剩下寂靜的神龕及黑幕旁的燭火和萬里大眼瞪小眼。過了一會，金髮男孩也只好摸摸鼻子走人了。

萬里的前腳剛離開，一道清瘦的身影就從暗處現身。

「多謝了，后土大人，我那個沒出息的孫子勞您費心了。」蒼老的聲音一晃而過，風也似地出了廟門，空氣中還隱隱遺留著瀟灑的笑意。

「這樣真的好嗎……百里小子，對手可是失控的『災厄』呢。那背後錯綜複雜的因果，真是如此年輕的孩子能一肩挑起的嗎……」無名土地神深深嘆了口氣，對於老友這種鼓勵自家孫子面對危險、藉此刺激其成長的行為，祂實在不敢苟同。

儘管如此，祂還是配合著百里的要求，把萬里需要知道的情報都說出來了。接下來，也只能相信萬里的能力足以應付即將來臨的危險，除此之外別無他法。

——難得遇到這麼棘手的事件，就讓那孩子試試吧。

幾天前，當無名土地神察覺到「災厄」已經被某個意識所影響，進而失控時，緊急找來了早已退休的前任守護者——楊百里。結果老人聽完了事情的原委後，勾起了曾英俊一時的嘴角，說出了上面那段話。

——愈大的磨難可是會成就愈強的實力啊。再說，萬里那孩子，恐怕已經一隻腳踩進這個事件中了呢。

楊百里緊接著補上這句，讓無名土地神徹底無話可說，只好依著老人的意思，引導萬里慢慢接近真相。

「別隨便死了啊，萬里小子，你還沒傳宗接代呢……」無名土地神寂寞的低語盪漾在散落地面的軟墊上。

暈開。

第九章

——燃燒吧火鳥·肆

「楊萬里。」

黃昏的最後一絲陽光灑在街上，使整條道路泛著淡淡的紅光，走在回家路上的金髮男孩，被暗巷中傳出的熟悉語調叫住。

帶著狐耳的影子延伸到萬里腳邊，青雪的雙眼在建築投下的陰影中閃閃發亮。

「青雪同學？」真難得呢，這似乎是她第一次主動找上自己。萬里不禁展開微笑。

「你那種笑法真噁心。」青雪毫不留情地皺起眉頭，露出一如往常的嫌棄眼神。「楊萬里，我有事情要告訴你。」

「有關哪方面的事情？」深知眼前的狐妖女孩不會沒事特地來找自己聊天，萬里正了正臉色。

青雪緩緩開口。

無數文字從她的唇邊滾落，稍早社團課時發生的事情，分毫不差地傳進萬里耳中，讓他不禁為之屏息。

當巷口再度恢復靜寂，只剩下人類和狐妖沉默地對看。

「我大概了解了。」萬里撫著下巴沉思，「青雪同學認為，那個陸少峰和『災厄』還有葛葉學姐有關係嗎？」

「與其說是思考後得出的結論，不如說是，我經歷的事實就是如此。只要有那隻燃燒的鳥出現的地方，都有那個男人的味道。」點點自己的鼻子，青雪面無表情地說，「至於那個眼鏡女，如果和那個男人沒關係的話，也不至於衝上去出手打人吧？」

「有道理。」

「那個時候，他們好像還提到了眼鏡女的媽媽，不過詳細情況沒聽出個所以然。」

「葛葉學姐的媽媽？」萬里心頭一動。

——一、兩個月前，葛葉的媽媽突然去世了。葛葉她……因為這件事受到很大的打擊，直到最近才慢慢走出來，回到學校上課也是這兩週的事而已。

他記得林筱筠是這麼對他說的。

萬里仔細回想著青雪剛剛陳述的內容，久久沒有開口。

「如何？得出什麼結論了嗎？」有些失去耐心的青雪，忍不住伸手推了他一把。

「青雪同學，我想那個叫陸少峰的代課老師，應該和葛葉學姐母親過世的原因有關。」

「眼鏡女的媽媽死了？」青雪的眉梢一挑。

——糟糕，不小心說出去了。

萬里按住額頭，對自己的疏失感到懊惱。

「總之，撇開葛葉學姐不談，既然知道『災厄』和那個男人有關係，就不得不去調查一下了。先試試看能不能從學校那邊弄到代課老師的資料，或再去探探學姐的口風吧。」

「嗯。」沒有戳破萬里順勢轉移話題的行為，青雪淡淡點頭。

「話說回來，青雪同學怎麼會突然對這件事情有興趣了？還特地跑來找我。」萬里忍不住好奇地問道。

之前明明還一副興致缺缺，只要不會危及自身安全，就想避之則吉的態度。現在居然還會特地來把情報告訴自己，態度可說是判若兩人……不，嚴格來說應該是判若兩狐就是了。

青雪搖搖頭。

「與其說我對燃燒的鳥感興趣，不如說我對你比較感興趣吧。」

「咦？」

咦咦咦咦咦咦咦咦咦咦咦咦?!

「別誤會了楊萬里，我只是對你要如何處理『災厄』感興趣而已，沒有什麼特別的意思。」面對因為曖昧不清的話語而感到震驚的萬里，青雪嘖了一聲，冷冷地別開臉。

「原來如此……」萬里暗暗鬆了口氣。

要是自己擅自誤會的話，說不定青雪又會露出那種驚天地泣鬼神的嫌棄臉了吧。真變成那樣，他可沒自信能扛得住。

「該說的都說完了，接下來該怎麼做，你自己回去想想吧，楊萬里。」青雪轉過身，似乎打算直接離開。

「等等，青雪同學。」萬里隱隱覺得還有哪裡不對，忍不住出聲叫住狐妖女孩。「妳是怎麼找到我的啊？」

結束球隊放學後的例行訓練後，他就直接來到了無名土地神的小廟。照理來說，離校時間與他錯開的青雪，應該沒機會跟蹤才對。

聽到這個問題，狐妖女孩默默停下腳步，皮鞋踩在夕陽下拉長的影子上，三角形的耳朵似乎動了動。

「靠你的味道。」青雪轉過頭，點了點自己的鼻尖，嘴角藏著一抹若有似無的笑意。

蹦、蹦……

皮球與水泥地面碰撞的聲音，在室外球場上迴盪著。

週末的假日午後，身為籃球校隊的萬里依然沒有閒著，獨自占據一個籃框練習。金色的頭髮上滿是汗水，飽滿的手臂肌肉線條在陽光照耀下閃爍著迷人的光芒，萬里的眼神專注，暫時把惱人的課業和始終無解的「災厄」拋在腦後，享受這個只屬於他和籃球的時光。

在交叉運了幾顆球後，他順著身體輕躍向上的動能，將深褐色的籃球滑過指尖投出。皮球在空中劃出一道弧線，漂亮地通過籃圈，與籃網發出舒心的摩擦聲，接著重新落回地面。

蹦、蹦、蹦……

萬里跑回籃下將球拾起，運球回到球場中央，在抬頭重新調整投籃姿勢前，他的眼角不經意地閃過某個標誌性的身影。

麻。花。辮。

眼鏡的金屬邊框在陽光下一閃，葛葉走過公園球場的轉角，鑽入林立樓房的小巷中。

握著籃球，感受掌心中熟悉的觸感，萬里的雙眼緩緩瞇起。

要追上去嗎？雖然之前已經幾乎確定，那個麻花辮女孩和火鳥之間有著密不可分的關係，但在真的有事件發生之前，貿然尾隨女子高中生實在是……

感覺就像變態一樣。

「果然還是算了……」一個流暢的胯下換手運球，萬里收球出手。

砯！

這次籃球精準地敲中籃筐後緣，發出響亮的打鐵聲，彈飛老遠。

沒有特別注意匆匆忙忙去撿球的金髮男孩，葛葉暗暗握緊自己的拳頭，心臟沉重地跳動著。

對葛葉來說，今天可能是重要到足以改變她一生的日子。從昨晚開始就幾乎沒有闔眼，不斷翻來覆去地思考現在、過去和往後的事情，導致女孩眼睛下方的黑眼圈有些明顯。

拿出手機又偷看了一下地址，葛葉一路彎進曲折的巷弄中，襯衫和裙襬像是破冰船般，一路劃開陳舊街區的塵埃，拖著女孩經過違章建築的峽谷。

大約三百五十萬。

這是葛葉媽媽總共欠下的債務金額。

雖然對富裕家庭來說不算什麼，但對還是學生、又是單親家庭長大的葛葉來說，這和天價沒什麼兩樣。

一直以來母女相互扶持的生活，在葛葉媽媽自殺後，斷了唯一的穩定經濟來源。儘管乖巧的葛葉本身也有打工，不過那點零用錢等級的積蓄，根本是杯水車薪。

而葛葉媽媽的戶頭早就空了，是乾淨的零。

停在某間玻璃窗貼滿霧面貼、沒有招牌的街屋前，葛葉深呼吸一口氣，將柔軟的手掌平貼在厚重的玻璃門上。

用力一推。

幾乎可以媲美北極寒風的冷氣飛衝出來，隨著氣流迴旋，廉價又濃烈的香味灌滿女孩的鼻腔，她費勁全力才忍住一個噴嚏。

玄關很淺，一個面無表情的男性接待人員站在櫃臺前，似乎不太習慣在這種場合登門造訪的，是這種看起來文靜有禮的年輕女孩。

接待人員皺起眉頭的表情，似乎讓葛葉退縮了一點，不過她還是鼓起勇氣上前攀談。

「哦，這樣啊，妳等一下。」接待人員拿起內線電話，和另一頭的人講了幾句。

在等候的期間，葛葉的視線從來沒有離開過自己的腳尖。如果眼神能造成物理現象的話，女孩腳上的仿製皮鞋，應該已經被她瞪穿幾千次了吧。

「啊，就是這位小姐嗎？這邊請。」終於，在不知道過了多久後，櫃檯旁邊的長廊內走出一個穿著旗袍的中年婦人，舉手向麻花辮女孩招了招。

葛葉吞了口唾沫，在婦人的引導下一路走過裝設許多小門的走廊，踏上樓梯來到二樓，最後停在一間辦公室前。

之所以看得出是辦公室，是因為這間房間的門與走廊上的其他小門相比，格局完全不同。較深的顏色與寬大的縱橫幅，給人一種穩重又不可侵犯的感覺。

這讓本來就沒多冷靜的麻花辮女孩，又更緊張了一點。

穿著旗袍的中年婦女伸出手，輕輕敲了敲門。

「進來。」

聽到裡頭傳來的是女人的聲音，讓葛葉稍稍鬆了口氣，不過在木門徹底打開後，才放下一點的心又提了回來。

房內的地板鋪滿吸音用的柔軟地毯，質感上佳的木製家具像打了蠟般閃閃發光，整體空間在天花板垂掛的大吊燈映照下，散發出極致的奢華感。

房內的大書桌後方，坐著一個西裝筆挺、眼神暗沉的男人，他梳著中規中矩的頭髮，已經到了臉頰肌膚開始遺留風霜的年紀。

男人指尖慵懶夾著的雪茄，使室內瀰漫著讓人昏昏欲睡的煙味，不習慣這種氣味的葛葉不禁微微咬緊嘴唇。

正對門口的牆上掛著一幅書法字，古樸的字體在紙上縱橫來去，寫出大大的「天道酬勤」四個字。

除了眼前的中年男子外，書桌旁還站了個祕書打扮的女人，儘管看得出也有點年紀了，在妝容和打扮下，卻仍然透出一股美艷的氣息。

——這位多半就是剛才應門的女性了。

「妳就是葛葉嗎？」祕書小姐揮了揮手，讓穿著旗袍的中年婦女退下，接著便毫不客氣地直盯葛葉的臉蛋看。

「嗯，妳、妳好。」

「稍微站過來一點，能給我看一下證件嗎？」

「可以。」儘管其中一方的手指輕顫著，但麻花辮女孩和祕書小姐還是隔著辦公桌完成了身分證傳遞的儀式。

男人吸了口雪茄，手指似乎有點不耐煩地點著桌面。身後四個大大的書法字，讓他無形間散發著強烈的壓迫感。

祕書小姐拿出紙本資料大略核對過後，對著自己的老闆點點頭。

「是她沒錯。」

「嗯……」男人沉吟了一聲，勾勾手指要葛葉再靠近一點。

葛葉屏住氣息，低著頭往前站了一步。

「稍微土了點？」像是詢問意見般，西裝男回頭對女人說了句。

「我倒覺得還不錯，只要稍微梳妝打扮就行，叫姐妹們弄一下，應該沒問題的，而且重點不是在臉的部分吧？」似乎對男人草率的鑑定有點無奈，祕書小姐嘆了口氣繞過桌子，走到葛葉面前。

「把眼鏡拿掉，別動。」示意女孩拿下眼鏡，祕書小姐用稍微粗暴的手法拆解土裡土氣的麻花辮。

葛葉閉上眼睛，任由女人的手指在髮際擺弄，身體卻不自然地僵在原地。

「你看。」祕書小姐退後一步，捏著葛葉的下巴讓她抬起臉，拿掉擋人視線的眼鏡並把長髮放下後，女孩原本清秀端正的五官就顯現了出來。

「還行還行……」西裝男點點頭，隨手把雪茄交給祕書小姐，站了起來。

「把衣服脫掉吧。」

「咦？」沒有眼鏡後視線變模糊的葛葉，一下子沒能理解男人那蘊含在平靜語調中的意思。

「我說，把衣服脫掉。」不耐地加重口氣，西裝男彈了彈手指。

「好、好……」有點被對方強硬的用詞嚇到，葛葉猶豫了一下，才緩緩解開白襯身的扣子，褪下長裙。

沒過幾秒，原本看起來文靜的女孩身上，就僅剩下幾乎不足以蔽體的貼身衣物了。未經世事、白藕般的酮體，和盪漾著青春少女氣息的緊緻肌膚，就這樣暴露在空氣中，令人不禁為之心疼。

「鞋子……也要脫掉嗎？」

「都脫掉。」

赤足站上軟軟的地毯，葛葉的淚水已經在眼眶裡打轉，透明液體遮蔽了她的視線，就連掛在牆壁上的四個書法大字，都已經看不清楚了。

「哦……比想像中還能看。」

「她就只是穿的衣服比較寬鬆吧，這個身材應該算合格？」

「合格。」男人站起身，繞過辦公桌來到女孩面前，肆無忌憚地仔細打量她的身體。

「有經驗了嗎？」

「什、什麼？」

「少在那邊裝純了，既然都下定決心要賣了，就知道是在問什麼吧？」

「呃、嗯……」

「有還是沒有？」

「沒有……」

「嗯。」西裝男似乎還算滿意地點點頭，揉了揉葛葉的肩膀，女孩在被碰觸到的瞬間縮了一下。「皮膚不錯，不愧是年輕人，把剩下的全脫了。秀姐，來確認一下。」

「知道啦，妳要自己脫還是我動手？」女人走到葛葉面前，插著腰，對泫然欲泣的女孩完全沒有半點同情。

「我自己來……」至此，葛葉已經無法阻止淚水滾落了，難過、羞恥、無助、絕望、恐懼，所有心情交織在一起，使女孩止不住崩潰的情感，無聲地哭泣著。

掛在牆上的「天道酬勤」書法字旁，空氣微微扭曲、浮動著。

葛葉顫抖地將手指伸到背後，摸索內衣扣環的位置，西裝男和祕書小姐漫不經心地盯著接近崩潰的女孩，似乎對這種場景已司空見慣。

一綹火苗燃起。

手指輕輕一錯，葛葉胸前的最後一道防線，在她自己失控的意志下被鬆開，失去扣環支持的內衣，僅剩下不太可靠的肩帶支撐，掛在她白皙的胸脯上。

隨著眼淚不斷滑落，葛葉看著自己的手掌的視線，也愈來愈模糊，她看著那隻曾經提過筆、拿過書、牽過母親的纖纖玉手，離自己僅剩的一絲絲自尊、僅剩的上半身蔽體之物，愈來愈近，愈來愈近……

接著……

燃！燒！

熊熊燃燒！

整間辦公室，災厄降臨。

只是一瞬間，宛如女人尖叫聲的咆嘯、高溫、閃焰、大張的火紅雙翼、一晃而過的滾燙鳥喙，全部擠在一起湧入所有人的視線。書法字一秒被燒成飛灰，瞬間爆散開來。

高速且劇烈的燃燒，幾乎把室內的氧氣瞬間抽乾，前所未有的巨大羽翼，鋪滿了全部的天花板和牆壁，火鳥大張鳥喙，發出震人耳膜的高頻率尖嘯。

缺氧與音波的震盪，讓包括葛葉在內的三人同時失去意識軟倒在地，毀滅性的火焰侵蝕著建築物，融化家具、地毯、水泥、甚至鋼筋。只有葛葉身邊的方圓三公尺內沒有受到火焰侵襲，朝四面八方排開的高溫如颱風眼般庇護著她，這才讓正巧倒在一起的三名人類勉強撐著一口氣。

砒！

籃球彈框而出，萬里投籃後延伸出去的手臂顫抖著，無關運動後排汗的水珠從他的額角滑下。

「怎麼回事……這次的規模也太誇張……」

金髮男孩抬頭遠望，不遠處的舊城區中，傳來一股龐大到令人作嘔的壓力。那股壓迫感，甚至強大到足以讓空氣產生肉眼可視的紊亂與扭曲。

逼不得已將籃球往場邊一放，萬里抄起背包朝著舊城區的方向奔去。他邊跑邊摸索著包包前面的口袋，球鞋在柏油路上飛速狂奔著。

「拜請。」

「怎麼啦？萬里小子。」

土地公的Q版公仔在萬里的手掌心活跳起來，左右張望了兩眼。

「后土大人，又來了，是『災厄』的壓迫感。」

「本神也感覺到了……」無名土地神的語氣迅速沉了下來，抬頭眺望慢慢靠近的舊城區。

無關「災厄」壓迫感所造成的氣流歪曲，一股黑色的濃煙從街區間竄出，裊裊熏向天際。

「萬里小子，你該不會想直接衝過去硬碰硬吧？」

「不，先看看狀況，以保護一般民眾為優先。」

「小心點啊，這次的『災厄』規模可不同凡響，一個大意很可能連你都會陷進去的。」

「我知道，但也不能因為這樣就坐視不管，而且這次『災厄』的感覺……」萬里的金髮向後飄揚，球衣在全速奔馳下獵獵作響，黑色的雙眼瞇起，透出一絲銳利。「有一股太過明顯的意念參雜在其中。」

「嗯。」知道金髮男孩在這方面的直覺特別敏銳，土地公公仔就靜靜待在他的掌中，沒有再多說話。

一人一神在烽火般的濃煙和巨大的壓迫感引領下，很快來到一幢街屋旁，不少人——包括幾名衣衫不整的男女和穿著制服的接待人員——似乎是在千鈞一髮之際逃了出來，狼狽地站在街上望著熊熊烈火。

在萬里站定腳步後，「災厄」所帶來的壓迫感，像是洩氣的氣球般迅速消失，但殘留的高溫仍然讓火焰狂妄地燃燒著。二樓以上幾乎都被濃煙覆蓋，遠處也傳來消防車接近的鳴笛聲。

「后土大人！」

「樓上還有人活著。」

不等無名土地神出言阻止，萬里從背包中拿出一張符咒，揉成一團扔進嘴裡，拔腿朝燃燒的建築物衝去。

等消防車來救火實在太慢了，就算裡面的人沒被燒死，也會被濃煙嗆死。在這分秒必爭的狀態下，救援者沒有半點選擇。

辟火符。

自從下定決心要阻止疑似失控的「災厄」後，萬里一直隨身帶著，這種符咒可以在一定程度上保護肉體不被燒傷或嗆傷。雖然效果很有限，持續時間也不長，不過總比沒有好。

屏住氣息，萬里壓低身體貼近地面，盡量避開濃煙的侵襲，一路衝上樓梯，奔過長長的走廊，在土地公的指點下，踹開辦公室殘破的木門。

門才剛開，更多更多的濃煙蜂湧而出，金髮男孩及時側身避過，但眼睛已經瀕臨極限地飆出淚水。即使在辟火符的保衛下把火焰造成的影響降低了，也無法徹底隔絕嗆人的煙霧。

葛葉、西裝男和祕書，三個人失去知覺的身體倒在一起，只有衣不蔽體的女孩身邊周圍，完全沒有受到烈火侵襲。

萬里探頭進去後，稍微傻住了一下。

——到底是怎麼會變成這樣的啦！為什麼葛葉學姐會脫到只剩內褲，還跟兩個奇怪的大叔大嬸躺在一起？誰來解釋一下！

即使沉著冷靜如萬里，一下子也對眼前的景象感到難以置信。

然而目前的狀況，實在沒有餘裕讓他再磨蹭下去。萬里一個箭步拎起葛葉和祕書，衝下樓梯把她們放置在煙霧較少的一樓，再跑回二樓把西裝男背下來，最後半拖半抬半踹地把三個人都運了出去。

就在金髮男孩完成艱苦的搬運工作，大口大口喘氣的同時，二樓的建築終於因為結構老舊和火焰的侵襲，造成破壞性的損毀，鋼筋水泥發出壯大的崩裂聲緩緩倒塌。所幸坍塌的範圍內沒有人員逗留，這才沒有造成更多傷亡。

隨著消防車的氣笛聲轉過街角，幾個見義勇為的路人跑了過來，替萬里接手西裝男和祕書小姐，一群人急急忙忙遠離著火的街區，在不遠處的大路口安頓下來。

隨著身邊的人漸漸多了起來，葛葉那內衣半脫、下半身又只穿著內褲的狀態變得十分惹眼。不得已之下，萬里只好脫下身上的球衣替她穿上。

還好比賽版的籃球衣為了方便球員把下襬紮進球褲，版型都會做得比較長。加上萬里的身形比葛葉高大許多，光是一件球衣就能好好地把女孩的重點部位全遮住。

不過這樣一來，就換成萬里結實的上身出來見光了。幸好男生總是比女生方便一些，趁著沒有人注意，他溜進一邊的巷子裡，在背包內翻找替換的衣服。

「萬里小子，在我們抵達的時候，災厄已經消失了。」眼看四下無人，土地公公仔從萬里的褲子口袋鑽出來，嘿咻一聲跳到地面上。

「嗯，我注意到了。」金髮男孩從背包中拉出一件T恤，拿到身前比了比。

「恐怕你的直覺是對的，這次的『災厄』，應該不是純粹的對罪人降罰，而是被某個東西的意念所污染，進而失去控制。本神可以感覺到現場有殘留的意識。」

「殘留的意識嗎……」萬里皺起眉頭。

他早前的確做出了「火鳥受到某種力量影響」的推論，但還真沒想到造成影響的，居然是某物……或該說是某人的殘留意識？

看來接下來調查的重點，就得放在這股意識的來源上了。

「好啦，既然災厄消失了，那本神也沒什麼能幫上忙的地方啦。收拾殘局的部分就交給你了，萬里小子。」

無名土地神懶懶地打了個呵欠，鑽回背包裡，用悶悶的聲音補上一句：「啊對，提醒你一下，就算『災厄』失控了，『天罰』的對象也不會改變。也就是說，發生災厄的地方一定與天罰的對象有關，用這個當線索去調查吧。」

「這麼重要的事情早點說啊……」穿好衣服的萬里，傻眼地嘆了口氣。

不過，這次災厄降臨的現場，依舊出現了葛葉的身影，這證實「葛葉可能與災厄有關」的猜測，多半八九不離十了。

只是……原本他認為葛葉是災厄的免疫體，所到之處應該會讓火鳥無法現形才對——就像在學校辦公室觀察到的現象那樣——沒想到這次居然還是引發了如此大火，看來這個假設遭到一定程度地推翻了。

——不，不對。

回想起火災現場的景象，萬里的目光一凝。

雖然因為情況緊急，闖入大樓內時只有匆匆一瞥，但昏倒在地的葛葉身邊，確實沒有任何燒灼的痕跡。火焰就像主動避開她般，清出了一片空間。

這是為什麼？

另外，看似乖巧的葛葉，居然會衣衫不整地與那種一看就不正派的人物混在一起，這也是他始料未及的。其中的原委恐怕得等葛葉恢復意識後，才能向她本人確認了。

「得回去好好擬訂計畫才行呢。」萬里的喃喃自語消散在空氣中。

——絕對要在下次災厄發生時，出手終止這個循環。

他如此下定決心。

「所以我需要妳們的幫忙，呃，先聽我說完嘛……」

「不要，感覺就是麻煩事。」

一把拉住扭頭就走的青雪，萬里不禁苦笑。狐妖女孩在被碰觸到手腕肌膚的瞬間，像是觸電般抽回手，滿臉嫌惡地回瞪過來。

「所以具體來說，是需要我們做什麼事呢？」坐在前排座位的桌子上，林筱筠晃著一雙長腿，不解地歪頭。

放學後的空教室，夕陽餘暉斜斜照進室內，讓窗框留下長長的陰影，映照在三名學生的身上。

在假日結束的下個星期一，萬里費盡各種唇舌，好不容易才把青雪留了下來。加上提前告知過的林筱筠，總共一人一妖一半妖湊在一起，讓金髮男孩說明他所謂「很重要的事」。

「先聲明，我對自己身上貓妖的力量，還沒辦法好好控制哦？」林筱筠舉起手，及背長髮隨著她歪頭的動作傾泄而下。

「我可不想和那種天災級的東西強碰，恕不奉陪。」青雪先發制人地說完後，馬上又朝教室門口快步走去，卻被身材高大的萬里攔下。

「不是要妳們去和那隻火鳥戰鬥，別擔心啦。」萬里雙手攤開，無奈地笑笑。面前的青雪眼神凶狠地壓低身體，從喉嚨深處發出充滿警告意味的低吼聲。

「萬里學弟，我才剛理解『災厄』是什麼東西而已，其他部分還不太清楚，能不能請你再詳細說明一次呢？」林筱筠及時發出提問，適當化解了一人一狐間僵硬的氣氛。

「好……」看了一眼勉強耐住性子，走回座位坐好的青雪，萬里鬆了口氣。

金髮男孩拿了根粉筆，走到講臺前，像個授課老師般在黑板上塗寫著。

「我先把『災厄』事件裡，幾個我們已經釐清的項目列出來，如果妳們有更多情報，也麻煩提供給我。」隨著萬里手腕的移動，粉筆灰簌簌掉落。「首先，『災厄』的型態是一隻燃燒的火鳥，其體積可能會隨著強度與環境變化，這點我剛才解釋過，妳們應該也已經知道了。」

青雪和林筱筠齊齊點頭。

她們兩個都曾經在萬里身邊，近距離體會過「災厄」的恐怖與不可對抗，其獨特的形態當然也銘記於心。

「第二，葛葉學姐可能和災厄有一定的關係。」

「欸欸？真的假的？」林筱筠睜大雙眼，一下子沒反應過來。

葛葉？那個乖乖牌女生和災厄有關？

「沒錯，再來的第三點會解釋為什麼。」萬里沒有馬上回答，而是繼續在黑板上書寫。「第三，災厄的傷害會主動避開葛葉學姐。之前我和青雪同學在教職員室發現災厄降臨的跡象，但葛葉學姐一進來就全部消失了。」

「災厄在教職員室出現過？」第一次知道這消息的林筱筠明顯嚇壞了。

「另外，兩天前我趕去最近一個『災厄』破壞過的地點時，發現葛葉學姐也在那邊，失去意識地倒在地上，但身邊卻完全沒有被大火燒到。應該說，火焰像是避開她一樣，明明整棟屋子都被燒毀了，卻只有以葛葉學姐為中心的一個圓形，絲毫無損。」

「等等，葛葉這個假日被『災厄』襲擊了？有受傷嗎？」

「嘛，姑且算是毫髮無傷吧。」

「那就好……」

看著林筱筠混亂又慌張的模樣，萬里還是決定不提葛葉當時可是赤裸著身體，還和奇怪的男女一起待在怎麼看都不是正經場所的地方。

「第四項，是我從可靠的消息來源得來的，『發生災厄的地方一定與天罰的對象有關』。也就是說，那隻火鳥無法現身在與天罰對象無關的場所中。」

「……！」如果青雪處於妖化狀態的話，這時候耳朵肯定豎起來了，狐妖女孩像是理解了什麼般抬起頭。

「嗯，我知道青雪同學想說什麼，但是先稍等一下。」萬里沉靜地阻止了好像想說點什麼的青雪，再度提起粉筆。

「再來是葛葉學姐這邊，既然我們假定葛葉學姐和『災厄』有一定的關係，那麼就也有必要把她的一些特徵列出來，林筱筠學姐？」

「呃，她成績很好？」

「還有呢？」

「是書法社社長。」

「嗯嗯。」萬里手中的粉筆沒有停過。

「葛葉是單親家庭，媽媽在不久前去世了。」

「我記得妳有和我說過，是自殺嗎？」

「恩，是啊……好像因為迷信占卜，欠了一屁股賭債。」似乎是為好友的遭遇感到惋惜，林筱筠嘆了口氣。

「那個麻花辮女，好像和書法社的代課老師有過節。」許久沒有開口的青雪，罕見地主動插話。

「對，妳和我說過了，那個老師的名字還記得嗎？」萬里快速動著粉筆，在已經琳瑯滿目的已知事項目裡，再加一條。

青雪偏頭想了想，當時黑板上蒼勁古樸的三個大字映入腦海。

「陸少峰。」狐妖女孩在空氣中用手指虛畫著。

「說到這個男人，青雪同學之前是不是提過，在所有災厄發生的地方，都有著他的氣味？」

「嗯。」這就是我剛剛想說的。青雪一邊這麼想著，一邊點點頭。

「咦？也就是說……」林筱筠眨眨眼，就連她都察覺到了某件事。

災厄出現的地方，都和受天罰的對象有關。

神祕男子陸少峰的味道——正確來說是殘留力量的碎屑——在連續兩個火鳥現形的地方都有。

「那個代課老師會變成火鳥飛來飛去？」

「當然不是。」對學姐異想天開的解答報以吐槽，萬里扶住額角，因為做了自己不擅長的事而滿臉無奈。

「……就因為連續兩處的力量殘留，就判定他是受天罰者，會不會太武斷了？」青雪不以為然地抱著胸，瞇起眼的樣子像極了窺視獵物的狐狸。

「不，就因為不想如此武斷地定論，所以我才找妳們幫忙的。」終於能從此進入正題，萬里暗自鬆了口氣。

「為了驗證是不是每個災厄降臨的地點都有陸少峰的味道，需要青雪同學和我再去舊城區走一趟，因為憑我自己沒辦法確認『力量殘留』這種細微的東西。」在青雪奪門而出之前，萬里像個經驗老到的推銷人員般，用腳尖把教室的門頂住，阻止了狐妖女孩企圖拒絕提供幫助的行動。

方。

「欸？那我呢？」林筱筠一頭霧水地問道，聽起來這個事件不像是有她能插手的地方。

「我想請學姐去照看一下葛葉學姐，順便問問她媽媽借錢的地方和委託占卜的對象。這一類的情報可能遠比想像中重要，如果能釐清葛葉學姐和陸少峰的關係，說不定可以對災厄事件有決定性的突破。」

「好，我了解了。」林筱筠點點頭。「那葛葉現在是在……？」

「就在學姐妳之前療養的醫院，目前住院觀察中。」

「欸欸欸?!」

聽到好友住院的消息，貓妖女孩問清楚原因後，就立刻離開了，只留下人類和狐妖大眼瞪小眼。

「那……現在走嗎？」萬里尷尬地笑笑。

「去舊城區嗎？」青雪嘆了口氣，說實話她真的完全不想淌這渾水，但也沒什麼理由不幫這個舉手之勞。

如果只是去看看狀況……畢竟災厄已經消失了，安全方面應該沒有問題才對。

「拜託了，之後會給妳補償的，青雪同學。」萬里雙手合十低下頭，誠心誠意地請求協助。

狐妖女孩別過臉。

補償？聽起來挺有價值的。

「……知道了，那就去看看吧，你帶路。」

看著青雪一臉「期待補償」的表情，萬里認真地想先告訴她，自己所謂的補償大概就是幾杯飲料或是一頓飯之類的平民價碼。如果是需要自己脫衣服下海賣身的高價報酬，那無論如何是不幹的。

跟在青雪背後走出教室，萬里順手帶上門，金屬門扣互相撞擊的聲音響徹空無一人的走廊。

路過教師辦公室的時候，金髮男孩不禁往裡頭多看了兩眼。熾烈燃燒的火鳥占滿整間辦公室天花板的景象，仍歷歷在目。

真沒想到會有一天自己得主動尋找「災厄」呢，而且……

萬里無奈地苦笑。

居然還得委託身為同學的妖怪幫忙。

「楊萬里，你走得太慢了。」

「啊啊，抱歉抱歉。」

萬里邁開大步，追上不耐地回頭催促的青雪。

第十章——燃燒吧火鳥・伍

舊城區的老舊房屋，現在被重重封鎖線圍了起來。二樓在災厄級的熊熊大火下燒得牆崩壁毀，整棟建築破了一個大洞，露出焦黑扭曲、不成樣子的家具和怵目驚心的黑漬。晚風穿梭其間，發出淒涼的嗚咽聲。

沒有花太多功夫，青雪和萬里就溜過警方拉起的封鎖線，潛進近乎廢墟的房屋中。為了以防萬一，萬里先回家了一趟，裝著黑色木刀的布包現在正掛在他的肩上。

幸虧除了二樓的某一角之外，整棟建築並沒有太過嚴重的結構損毀，一人一妖才能順利地抵達目的地。

穿過還滿溢著刺鼻焦臭味的走廊，萬里和青雪來到了位於底端的辦公室……正確來說，是原本辦公室所在的位置。

除了地上的一個直徑約三公尺的圓形地帶，房間內的每個角落都被火焰摧殘得認不出原樣。正面的牆壁甚至被燒穿了一個大洞，不禁讓人懷疑當時身在這房間的葛葉與那對男女，究竟是如何生還下來的。

「……？」青雪無言地指著那塊突兀的圓形地板，回頭看向萬里。

「葛葉學姐那個時候就倒在那裡。」萬里抓抓頭，簡短解釋了一句。

造成這種異常現象的原因，就連他也不清楚，當然無法提供更詳盡的說明。

青雪默默蹲下身，用指尖沾了點地上的飛灰，不發一語。

萬里沒有催促她，而是信步在廢墟般的二樓辦公室晃了一圈，讓失去一面牆所放進的涼風拂過臉頰。

——這種足以把建築物燒到傾屋倒瓦的火焰，真的是人類的力量能應對的嗎……

摸著牆上的污痕，萬里不禁有些出神。過了僅僅數秒，他甩甩頭，把喪氣的想法趕出腦袋。

不是能不能做到的問題，而是一定得去做。身為這片土地的守護者，既然出現了失控的災厄，就必須得挺身面對，這也是無名土地神為何需要他們家族的原因。自己的爺爺楊百里，也是為此才這樣嚴格地訓練他，也是為此才……

「嗯，這裡也有他的味道，雖然很微弱，不過確實有。」一絲紙灰在青雪的指尖飛散，狐妖女孩拍拍手掌站起身，雙眼因為些微的妖化而呈現青色。

「果然是嗎……」萬里沉吟著。看來陸少峰確實有很大的機會是天罰的對象，雖然原因仍然不明，不過如此一來，就能把調查的對象和範圍縮小很多了。

做了傷天害理之事者、不敬天地者、洩露天機者，這些皆是「災厄」懲罰的對象。無名土地神說過，這次災厄降臨的原因是後兩者，那麼陸少峰究竟是做了什麼事呢？

金髮男孩口袋裡的手機震動著。

「……喂？學姐，出了什麼事嗎？」看到來電顯示是不久前加了聯絡資料的林筱筠，萬里不禁有些擔心。

記得學姐和他們分開後，應該是直接去醫院了才對，這期間難道發生了什麼不得不打電話，也要馬上通知自己的事情嗎？

「啊，這邊沒有出什麼事情，別擔心。」也許是聽出了萬里語氣中的擔憂，林筱筠立刻澄清道，「只是葛葉出院了，我們順路到附近的公園散散步，現在她正好去洗手間，想說趁這個空檔跟你說一聲。」

「哦哦，葛葉學姐已經沒事了嗎？」

「至少身體方面應該沒有大礙了，只是……」

注意到萬里與林筱筠正在通訊，青雪默默地豎起耳朵。

「葛葉她……該怎麼說，現在情緒還不太穩定，而且一直不肯和我說她這個假日去了哪裡。不過，有關葛葉媽媽的事情，我有幫你問了。」

「結果如何？」老實說，萬里也挺好奇葛葉這個假日到底去那裡做什麼，但現階段來說，釐清葛葉母親與陸少峰的關係更為急迫。

「葛葉媽媽不是因為簽賭而欠債嗎？據說一開始的時候，她也不是逢賭必輸的那種類型，反而因為賭博而賺了一點小錢。因為葛葉媽媽一直有委託民間的道士幫忙占卜結果，也不知道是不是碰巧，那個道士前面幾次都有猜中，讓葛葉媽媽贏了點錢，大概幾萬吧？後來愈賭愈大，占卜也愈來愈不準，幾千幾萬的輸下來，她們家就在不知不覺間背上幾百萬的債務了。」

「那個道士的身分有問出來了嗎？」儘管心裡有了些底，萬里還是想要確認。

話筒那頭，林筱筠深深吸了口氣。

「萬里學弟，那個道士就是陸少峰。」

「……果然嗎。」

難怪葛葉看到陸少峰出現在學校時，反應會這麼激烈。

「筱筠學姐，我們可以過去和葛葉學姐當面談談嗎？」萬里緊抓手機的指尖微微泛白。

還有一件事情沒有釐清。

——為什麼災厄的火鳥無法傷害葛葉？

既然災厄已經是失控的狀態，為什麼偏偏在這部分展現了驚人的自制力？萬里想要知道，也必須知道。

「應該……可以吧？」猶豫了一下後，林筱筠不太確定地回答。

「我問問看，你們可以先過來，地點在醫院附近的那個公園，知道在哪裡嗎？」

「嗯，我知道。」

「那就待會見哦。」

通話切斷，萬里轉頭望向青雪。

「青雪同學，有件事情我想確認一下，妳可以再和我走一趟嗎？」

「……什麼事情？」

「葛葉學姐的身上，是不是也有陸少峰的氣息。」

雖然這個假設很古怪，不過萬里總有個感覺——葛葉和災厄的火鳥之間，一定存在著某種關聯，而且這層關係說不定遠比他們想像中的還複雜。

所以必須去確認，距離事件的真相、「災厄」降臨與失控的原因，就只剩一紙之隔了。

對上萬里認真的眼神，青雪默默點頭。

走在夜晚的街道上，人類和妖怪不發一語。

從舊城區到公園的距離說長不長，大約步行十分多鐘就能到達，但彼此間無話可說的萬里和青雪，光是這段短短的時間，就足夠讓尷尬的氣氛到達頂點了。

平時不多話的青雪也就算了，個性陽光開朗的萬里可沒碰過幾次這種窘境。正當他認真思考著要不要開個話題聊聊時，青雪頭一次，真的是頭一次主動打破兩人之間的沉默。

「楊萬里，我問你。」

「呃，欸？好，妳問。」金髮男孩一時之間還懷疑自己的耳朵出了問題，直到轉頭對上青雪的眼光，才確定她是真的向自己搭話了。

「為什麼那麼多地方，都有那個道士的味道？」

「嗯……」萬里皺起眉頭。確實災厄出現的地點並沒有規律，從一開始的住宅公寓、學校的辦公室，到剛剛去過的舊城區街屋，別說規律了，就連地點的性質和位置都差了十萬八千里。

「我也不清楚，也許得問陸少峰本人才會有頭緒吧。也許是他以前住過或工作過的地方也說不定。」

青雪不置可否地回歸沉默，又走了一段路後，公園的剪影已經出現在正前方。

「楊萬里。」

「什麼事?」萬里眨眨眼，不禁對青雪接連兩次主動開口感到驚訝。

「現在的道士還畫符嗎?」

「呃，妳想問我是不是道士嗎?我之前說過，我的職責跟道士或驅魔師不一……」

「如果是一般的平安符或貼在門口的那種符祿，就算是半吊子的道士也可以拿出來賣吧?」青雪的腦海中，一瞬間閃過班導師先生桌墊下的平安符。

那個符的味道，有點熟悉。

「嗯……真要說的話應該是可以的，畢竟大家也就求個心安。不過，大部分的人還是會去廟宇之類的地方求平安符吧……」萬里的話語聲漸落，緩緩停下腳步。

人類和狐妖對視著，在同一時間意識到某件事情。

「青雪同學的意思是，『災厄』是藉由陸少峰製作的符咒或字畫傳播的嗎?」

「……你可以這麼認為。」

「確實有道理……」萬里支著下巴陷入沉思。

一人一狐認真考慮著這個假設的可能性，還來不及得出任何結論，做為會合點的公園廣場就映入眼簾。

路燈昏黃的照明打在石板地上，樹木的枝枒在晚風的吹拂下沙沙作響。正圓形的廣場邊緣，幾個下班後的中年男女正散著步，替整個公園廣場增添了一點人聲。

林筱筠遠遠地朝他們揮手，另一隻手則牽著有些瑟縮的葛葉，兩人的倩影在燈光下模糊、拉長，向萬里他們的方向伸而來。

「萬里學弟，你們好久哦。」林筱筠單手插腰，忍不住對走到面前的萬里與青雪發了下牢騷。

「抱歉，距離稍微有點遠。」

「啊，我來介紹一下好了，這是我的朋友兼同班同學，葛葉。」環著麻花辮女孩的手臂，林筱筠露出笑容。

「你們好……」突然被陌生人要求見面，葛葉明顯有點緊張。仔細看的話，還能發現她的臉色仍然相當蒼白，眼角下也隱隱帶著黑眼圈。

「葛葉，這兩位是一年級的萬里和青雪，他們是同班同學。萬里是籃球校隊哦，很厲害的。」

發現自己沒有被誇獎哪方面「很厲害」，青雪暗暗在肚子裡冷哼了一聲。

萬里清了清喉嚨，打算先做一個不痛不癢的開場白後，再慢慢切入核心。

四下十分安靜，安靜到連金髮男孩輕咳的聲音，都響遍周遭。

不知從何時開始，樹葉的陰影不再搖晃，原先流竄的晚風也回歸寂靜。放眼望去，公園的小廣場中連半個行人都沒有。

一盞路燈一閃一閃地熄滅。

「哦哦。」萬里輕嘆。

青雪開始後悔跟著來公園了。

「葛葉學姐，妳的身上有帶著護身符或平安符一類的東西嗎？」萬里不抱太大希望地問道。

「呃，有的，是我母親留下來給我的東西。」麻花辮女孩有些笨手笨腳地，從脖頸附近拉出一個連著珠串的護身符，銅片和珠子相撞的聲音清脆悅耳。

「青雪同學……」

「嗯，是這個味道。」狐妖女孩皺起眉頭，退後了一步。濃濃的陸少峰味。

「怎麼辦？逃嗎？你有辦法的吧。」青雪想起了金髮男孩當初帶著她逃離樹妖結界，像變魔術般的戲法連妖怪都沒能看穿。

「太多人了，帶不了我們全部。」萬里搖搖頭，眼角瞄到細小的火絲在空氣中飄盪，伸手握住背上裝著木刀的背袋。

——那可以先帶我逃走就好了嗎？

青雪忍不住沒形象地在心中吶喊著。

晚了一拍才發覺事情不對勁，林筱筠慌張地環視周遭，緊緊握住麻花辮女孩的手。貓耳和狐耳同時伸展，因為妖怪感知危險的本能，青雪與學姐同時妖化，讓徹底狀況外的葛葉看傻了眼。

「筱筠，你們……」

「來了。」打斷葛葉還沒問出口的問題，萬里抽出背上的黑色木刀。

半空中，火絲不斷凝聚，巨大的火鳥籠罩在四人頭頂，陽炎般的光芒照亮了昏暗的公園。火焰雙翼像是能無限延伸，輕撫過滾燙的空氣舒展開來，龐大的壓力當頭砸下，讓萬里等人的心臟幾乎要停止。

接著——

尖叫。

「嗚……」三名女孩同時捂住耳朵，抵抗高頻率的顫音。有如女人哭喊的尖叫橫掃過廣場。

不過這次有備而來的萬里，迅速調整好因為壓力而紊亂的呼吸。不等漫天的火焰從天而降，他率先抽出木刀，吞下辟火符，迎向火鳥。

「木生火生土生金生水！」一口氣將五行相生開到最底，黑色的木刀爆出大量水波，隨著萬里斬擊的動作，朝半空中的火鳥噴發。

「嘰伊呀啊啊啊啊啊啊啊啊啊啊啊啊啊啊啊啊啊啊啊啊啊啊啊！」

伴隨著尖聲長嘯，半空中的火焰大漲，萬里揮出的水波瞬間被蒸發，爆散出滾燙的水蒸氣，遮蔽住「災厄」與四人間的視線。

「快跑！」萬里一聲令下，林筱筠立刻拉著嚇傻的葛葉朝廣場邊緣跑。空氣因為災厄造成的壓力而微微扭曲，使女孩們的腳步有些踉蹌。至於青雪，根本不用萬里指示，早就閃得遠遠的。

然而，火鳥卻完全沒有理會萬里挑釁式的攻擊，掉頭就往葛葉和林筱筠的方向俯衝而去，所到之處留下大量海市蜃樓般的扭曲空氣。

「不愧是災厄級的火焰，這樣下去不妙啊……」學姐們等一下會直接變成烤肉的。

萬里咬牙苦笑，邊追過去邊往褲子內袋猛掏。

「免洗咒符！」

一大把紙符往火鳥的方向撒去，每張上面都寫著一個「鎖」字。飛舞的紙張彷佛具有靈性，纏住巨鳥的雙翼往地面拖去。

這是萬里自己研發出來的方法。傳統驅魔師往往需要考慮地理風水和天時，搭配法器、多種複雜的符咒和道具，才能在一個定點結出鎮煞陣。這種方法雖然能讓陣法牢不可破，但費時又費工，也不適合遭遇戰。

而且說實話，萬里畫符的本事實在不怎麼樣，加上職責與一般的驅魔師大不相同，所以在百般研究後，想出了在符紙上灌注最單純的「一個字」，藉此發揮其能力的做法。

雖然效果比起真正的符咒落差甚大，但一整把一整把使用的話，還是能有一定的功效。可以隨手亂扔、用過即丟的特性，在遇到突發狀況的時候也特別實用。

真要說的話，這種「免洗符咒」低效果、低持續時間的性質，和單張就能起到複合又長時間效果的「傳統符咒」完全背道而馳。與其說是萬里因應守護者的工作內容進行的符咒改良，不如說這完全是假借符咒之名的新玩意。

「啊，果然一點用也沒有呢。」萬里遠遠看著自己花了一堆時間製作的符咒，在凶猛的火焰下瞬間化成飛灰，不禁有些肉疼。

此刻，束縛解開的火鳥又朝葛葉和林筱筠追了過去，兩位學姐只能拚命逃竄。

隨著災厄的距離拉遠，壓力和溫度的等級也略微降低，這才讓萬里終於能稍微喘口氣。不過學姐們那邊就很不好過了，完全是個普通人的葛葉在滾燙空氣的燒灼下，幾乎就要無法呼吸，全靠林筱筠拚死地拉扯才能勉強移動腳步。

「行不行啊，楊萬里……」憑著狐妖矯健輕盈的步伐，青雪在判斷沒有立即的危險後，跟在萬里身邊往火鳥的方向狂奔，毛茸茸的尾巴在身後擺動著。

「我再試一次，免洗咒符！」一口氣掏出身上剩下的所有庫存，金髮男孩把幾十張符咒往天上一拋，雙手抓緊木刀，頂著壓力滑壘到被暫時綑住的火鳥正下方。

燃燒的雙翼一振，萬里數小時握緊毛筆寫字的心血，又一秒被燒個精光。似乎對三番兩次遭到阻攔感到厭煩，「災厄」放出震動大地的尖聲長嘯。

「嘿。」萬里握住木刀的刀身中間部分，大量水波洶湧而出。

金髮男孩蹲踞在地，以木刀彎曲的刀身為弓，捏起透明的弓弦，一連射出數發強力水柱。

清澈的水柱一發接著一發轟向天際，遭受水花衝擊的火鳥一邊扭動雙翼，一邊尖叫著。但火焰構成的身軀還是老實地依著五行相剋的道理漸漸縮小，刺人的壓迫感也隨之減弱。

一時間，大量的滾燙水霧瀰漫在廣場周圍，幾乎將視線完全遮蔽。

——這樣下去……能行！

萬里額前因為高溫的蒸餾和與「災厄」正面對決的壓力，冒出了無數汗珠。但他的手指沒有因此停下，依舊維持著一秒一發的頻率射出強力水箭。

終於，在水蒸氣的遮蔽之下，再也看不到火鳥燃燒的身影。精神和體力剛好都到極限的金髮男孩這才緩緩停手，木刀幾乎要從脫力顫抖的手指間落下。

林筱筠和葛葉停下逃跑的腳步，回頭呆呆地看著漫天水霧。

結束了……嗎？

「楊萬里，快逃！」青雪的呼喚從不遠處傳來。

萬里睜大眼睛，看著水霧中某個亮點迅速脹大。

業火重燃！

紅蓮的巨大羽翼猛揮，將四面纏繞的水蒸氣一舉驅離。「災厄」的火鳥挾帶熊熊怒炎衝上天空，無數波熱浪在翅膀的掀動下襲向四面八方。

萬里及時著地打滾，勉強避開反撲而來的滾燙蒸氣，但擋住面部的雙手前臂還是慘遭燙傷，讓他發出一聲悶哼。

不給半點喘息的機會，火鳥毫不留情地朝暫時無法行動的萬里撲來，足以將建築物融化的地獄火焰大肆席捲，一路焚燒過公園的廣場。

「萬里學弟！」林筱筠不敢置信地看著占滿視野的熊熊烈火，曾被繩索勒住過的脖頸，在頸鍊覆蓋下有些隱隱作痛。

青影一閃，青雪拖著滿身焦煙的萬里從火場中衝了出來，即使持有狐火和辟火符，也僅能勉強讓他們撐過一次火焰的轟擊而已。地獄般的高溫和壓力，讓狐妖女孩一向冷硬的表情也有點扭曲。

「謝啦，青雪同學……」

「別謝得太早，快想想辦法啊。」青雪抓著萬里的領口猛搖，把他晃得頭昏眼花。

幸好才剛來過一次空對地轟炸的火鳥，暫時還無法恢復原形，而是從燃燒的業火中一點一點地重新組回雙翼和鳥喙，替一眾人類妖怪留下了珍貴的空檔。

「先、先別著急，我搬救兵來試試……」萬里從口袋裡掏出土地公公仔，放在手掌心。「拜請！」

「哇！現在是什麼情況！」一被叫來就和災厄面對面的無名土地神，一下子也慌了手腳，急急忙忙跳上萬里的肩膀。

「后土大人，這個我處理不來，請幫幫忙。」眼看火鳥又重振旗鼓地揮動翅膀，鼓脹起來，萬里滿臉蛋疼地求助。「能不能用地脈之類的力量把它鎮住？」

「……萬里小子，你沒看到那玩意兒在天上飛嗎？地脈那招不管用的。」

「呃，也就是說您也沒辦法囉？」

「本神勸你們還是快跑吧。尤其是你，萬里小子，你還沒傳宗接代，可不能死啊。」

「一定要在這種時候提這個話題嗎……」

「不如你就在那三個女孩裡選一個，立刻留種立刻生。生下的孩子就叫楊億里吧，這樣本神才能安心啊。」指著身邊的青雪和不遠處的學姐們，無名土地神高談著繁衍後代的話題。

「……計畫變更，我們先撤退吧。」萬里滿臉冷靜地轉頭望向青雪。

「只是掉頭就跑的話，會被追上的吧？」青雪滿臉不以為然。

「嗯，就用老方法，把后土大人的神體扔出去引爆，當作拖延時間的手段吧。」

「等等！」土地公公仔虎軀一震。

「……我懂了，就這麼辦吧。」青雪點點頭，毫不猶豫地投下贊成票。

「好，那數到三，青雪同學準備好了嗎？」

「隨時都可以。」

「喂，我說等等！」

「一。」

「是本神錯了，別亂丟珍貴的神體啊！做起來很花心神的！」

「但我們必須爭取逃跑的時間啊，您看，火鳥已經快回復過來了。」萬里忍住繼續開玩笑的心情，指向振翅飛上夜空的火鳥。災厄級的火焰輕易驅散四下的黑暗，顯得無比刺眼。

「呃，確實如此。」

「二！」

「不對，你怎麼還在數啊萬里小子?!」

「……」青雪冷眼看著人類與神明的幼稚吵架，完全沒有想插嘴的意思。

於此同時，恢復原本大小的「災厄」火鳥，發出自現身以來最顫慄且高頻率的尖嘯，接著大展雙翼，準備再來個毀滅性的貼地俯衝。

「三！」別無他法，萬里抓緊土地公公仔，擺出棒球長傳的姿勢，結實的手臂大大拉弓，隨著前踏的左腳猛力揮出。

「百里小子！快出來給你孫兒幫手，否則本神要遭殃啦！」在脫出萬里手指的前一刻，無名土地神沒形象地哭喊著。

一隻穿著道袍的手橫空出現，抓住被無情地扔出去的土地公公仔。

「哎呀哎呀，真是不長進的孫子，和不長進的后土大人呢。」摺扇輕揮，大量的火焰被一陣清風吹散，就連俯衝的火鳥都在空中緊急剎車。

「你、你是……」萬里瞠目結舌地盯著眼前的景象，就連青雪都不禁瞪大雙眼。

橫擋在他們與火鳥之間的，是一道身穿道袍、手拿摺扇的身影。年輕男子的外貌高挑俊朗，稍長的頭髮垂至肩膀，像個從古裝劇裡走出來的人物。

儘管外表看起來不過二十多歲，男人的聲音卻有著歲月的滄桑感，低沉且蒼老。

「你、你該不會是……」

「啊，乖孫別慌，爺爺來救你。」男人藏在摺扇後的嘴角輕輕勾起，透露出幾分邪氣。

「……你爺爺長這樣？」青雪無言地指著明顯過分年輕的男子。

「爺爺……？您不是已經……」萬里傻傻地張大嘴巴，雖然聲音無疑是對的，但這容貌怎麼看都太年輕了點。

「那個之後有機會再解釋，我先處理一下這個孩子。」

「您……有辦法處理災厄？」

「當然沒辦法，所以我得依靠一點道具。」楊百里笑呵呵地從懷裡掏出一個金屬物體。

那是一個雕工細緻，兩頭有刃的沉重短杵，金光閃閃的表面，讓它多了幾分寶物的貴氣。

金剛杵，又稱降魔杵，是佛教傳統的降魔法器，因其質地固若金剛而得名，也是佛教術語「金剛」的象徵。

手握金剛杵的楊百里，就這麼上前一步，孤身一人擋在「災厄」面前。

即便遇到預料之外的阻礙，怒火中燒的火鳥也沒有猶豫太久，不由分說地張大鳥喙，朝萬里等人猛撲而來。巨浪般的火焰鋪天蓋地，像火山爆發般朝四面席捲。

「來得好！」穿著道袍的俊秀青年沒有絲毫畏懼，反而主動迎上前，揮手擲出金剛杵。

沉重的金剛杵呼嘯而去，破開無形無質的火焰，直穿火鳥的腦門中央，擊中了「某樣東西」。

在其餘四人和無名土地神目瞪口呆的注視下，狀似源源不絕的翻騰火焰，下一秒便瞬間消散。火鳥巨大的身形分崩瓦解，化為大量的火星隨風而逝。

「咦……？」萬里張大嘴巴。

就這樣？這樣就結束了？自己之前東奔西跑到處調查，還拚上老命地和災厄對著幹，到頭來扔個法器就萬事ＯＫ了？

隨著剩餘的火星慢慢飛散，一個半透明的人影從天空飄落。

跟著林筱筠朝他們跑過來的葛葉，在看清楚緩緩落地的人影時，臉色瞬間大變。

「媽媽……？」

「咦？」被麻花辮女孩甩脫手臂的林筱筠，連忙追了上去。

接著，擔心她們安全的萬里以及單純不想跟來路不明的陌生驅魔師獨處的青雪，也跟著往人影墜地的方向趕去。

青年楊百里怡然自得地揮著紙扇，目送一眾小輩聚集在公園廣場中央。

被四名高中生圍住的是一名綁著長馬尾的女人，剛步入中年的臉頰上稍微有著風霜的痕跡，凹凸有致的身材被一襲完全素色的白洋裝包裹，全身上下不帶一絲生氣。

女人的軀體是半透明的。

「這是……」

「鬼魂。」回應萬里的，是悠哉悠哉晃過來的楊百里，老人的聲音從摺扇後傳來。「自殺而死的靈魂不得超生，所以這個女人死後才只能徘徊於現世。」

「可是，她為什麼會出現在火鳥裡面？」萬里難以置信地喃喃說道。

這個女人多半就是他感覺到的、某種影響著「災厄」的意識。但是，為什麼？

「這就不得不提到那個天罰的對象了。」楊百里眨眨眼，依舊是那副雲淡風輕的態度。

「這個鬼魂懷抱的怨念，和『災厄』的指向性剛好一致，都是針對同一人發動。在某種巧合下，兩者就這樣糊里糊塗地融為一體，開始追著天罰對象的足跡大暴走，把所有相關場所燒過一遍，這基本上就是事情的經過了。」

「百里小子，既然已經把事件分析得如此透徹，為何不早點出面處理，一定要在快一發不可收拾的時候才現身？你就不怕你家孫兒出了什麼意外嗎？」無名土地神趴在萬里的肩膀上，無奈地嘆息。

「要說為什麼的話，首先，與『災厄』有關的事件，剛好是個鍛鍊楊家傳人的好機會。其次，我也是觀察著事件發展好一陣子，才推測出真相的，所以就算想提早行動也沒辦法。」楊百里笑呵呵地揮動摺扇，渾然不把后土的質問當作一回事。

「媽媽……」葛葉露出身在夢中的表情，緩緩朝飄落地面的女人伸出手掌。

那是葛葉的母親。

倒在地上的女人抖了抖眼皮，慢慢睜開眼來。

「葛葉學姐，時間好像不多了，有什麼話要說的話最好趕快。」注意到白衣女人的身軀漸漸變得透明，萬里趕緊出聲提醒。

失去「災厄」這強大的憑依後，僅僅是一個脆弱意識的葛葉母親，註定無法在現世待太久。算算時間，恐怕再過幾十秒便會完全消失。

「媽媽……」麻花辮女孩的心中一團混亂，想哭、想笑、也想破口大罵，複雜的情緒在胸口相互碰撞，讓她一時之間說不出任何話語，只能呆呆地用手心撫向母親的臉龐。

但母女倆早已天人永隔，即使是最單純的碰觸也無法如願，葛葉的手掌從女人側臉透了過去，接觸到堅硬冰冷的地面。

林筱筠心疼地握住好友的另一隻手。

在場的人類、妖怪、半妖、神明、鬼魂，全都在這一刻靜默下來。

女人的嘴唇輕輕張開，發出了若有似無的微弱聲音。

「對不起……活下去……」

厚厚的鏡片後方，葛葉的雙眼淚如泉湧，拚命咬住嘴唇不讓自己哭出聲來。

「我愛……我愛……愛……」話還來不及說完，女人的身影就徹底淡化，消失在空氣之中。

「啊、啊啊……」麻花辮女孩張大嘴巴，發出不成聲的哀號。連日下來的打擊和精神消磨，讓她在第二次面對自己的唯一親人消失時，已經無法擁有正常的感情表現了。

「為什麼……為什麼……」

一滴眼淚，兩滴眼淚。

萬里、青雪、無名土地神、楊百里紛紛將視線別開，不忍心注視女孩崩潰的樣貌。

對這麼一個年輕的靈魂來說，這樣的擔子實在太重、太重了。

「為什麼為什麼為什麼為什麼為什麼為什麼為什麼為什麼啊啊啊啊啊啊啊啊

啊！」葛葉的雙拳狠狠砸向地面，一次又一次，尖銳的石板顆粒刮傷了女孩嬌嫩的肌膚，留下殷紅的血痕。

林筱筠緊緊抱住崩潰大哭的葛葉，不讓她繼續傷害自己，但貓妖女孩也忍不住流下了眼淚。

楊百里嘆了口氣。幹這行幾十年的老人，已經面對過類似的場面無數次，但每次還是無法習慣這種感情的迸發。

「爺爺……」

「嗯？」聽到自己孫子的叫喚，披著年輕外皮的老人回過頭。「怎麼啦？突然發現家人的重要性，想和爺爺來個久違的愛的抱抱嗎？」

一旁的青雪差點被自己的口水嗆到。

「我還是不了解，為什麼可以用金剛杵把『災厄』打散？」萬里的眼神冷靜得有些嚇人。在經過火鳥襲擊和葛葉母親靈魂消散的震撼後，他迅速恢復理智，並注意到了不合理之處。

不愧是自己一手培養出的接班人啊……這種青出於藍的洞察力。

青年楊百里滿意地點點頭。

「后土大人，您來解釋一下吧。」

「因為災厄早就該消失了，該懲罰完的對象早已懲罰完畢，之所以還會四處暴走，是因為受到那個女人魂魄中所承載的怨力影響。金剛杵並非擊散了災厄，而是擊散了那個女人的魂魄。既然導引災厄的魂魄散了，那麼火鳥自然也就散了。」無名土地神用平板的語調說明著。

——原來如此。

萬里點點頭。

這也在一定程度上說明了為何火鳥總是傷不了葛葉。葛葉母親對自己女兒的關愛，讓她即使在死後失去了理智，也拚命地嘗試保護葛葉。

這究竟是源於親情之愛，還是源於拋下女兒獨自赴死的愧疚感呢？

萬里吐了口氣，眼神不禁一沉。

許多災難的源頭，其實歸根究柢就是人類本身。看似不可抗力的天災異變，往往都肇因於人類彼此間的貪婪及仇恨，在諸多因素的堆積之下，以微小的個體推動著大環境，久而久之，就累積出了無法抵抗的恐怖災厄。

這個道理在現代的人類社會尤其明顯。人們彼此間的惡意共震，到最後引來海嘯般的恐怖效應，鋪天蓋地地席捲世界，甚至影響到環境與其他種族，直到所有事物都被破壞殆盡。

然後開始新的一波循環。

人類就是這種難以記取教訓的生物。

不過，人與人之間深厚的情感，是即使經歷災厄洗禮也屹立不搖的珍貴之物。就如葛葉母親在過世後仍然心繫著女兒，即便面對困難也能互相扶持，正是人類的可貴之處。

「話說回來，那個叫做陸少峰的男人，究竟是犯了什麼罪才會受到天罰？」萬里皺起眉頭，突然想到這件事。

既然在災厄出現後，他還能活跳跳地來學校代課，那就代表他犯的應該不是什麼滔天大罪才對。

火鳥的目標，應該就只是把他的財產燒光而已，並非針對性命。

無名土地神曾提過，這次所罰的罪名是「不敬天地、洩露天機」。不敬天地還好懂，多半是陸少峰身為道士在工作的同時，不小心觸犯了什麼天條戒律之類的。畢竟現在的道士多半是半調子，祭祀做事不得其法，偶爾犯錯很正常。

但……洩露天機？

「本神也不清楚，但那個女娃兒的母親是因為聽信那個道士的占卜，才因賭博欠債的吧？既然一開始會聽信，那麼至少代表前面幾次的占卜都是準的？」土地公公仔懶洋洋地趴在萬里肩上，隨口說道。

「前幾次都是準的嗎……」萬里不置可否地應了一聲，看著林筱筠攙著哭得淅瀝嘩啦的葛葉緩緩站起身。一旁的青雪默默退開，替兩人讓出一片空間。

嗯？是不是少了誰？

「對了爺爺，您到底……」

萬里猛然回頭，但青年楊百里幾秒前站的位置，早已空無一人。

「后土大人，我爺爺他……」

啪咚一聲，土地公公仔失去神采，從萬里肩上落下，變回普通的玩物。

看來無名土地神似乎知道某些內情，所以先一步選擇開溜，省得被當場逼問。

「怎麼了？」青雪望著悵然若失的萬里，狐耳敏銳地動了動。

「不，沒事。」金髮男孩搖搖頭，把手中的木刀收回背袋中。「青雪同學，妳們該把妖化的樣子收起來了，再過一下子『災厄』的效果就會完全消失，如果不小心被普通人看見，會很麻煩的。」

「嗯。」青雪瞇起眼，狐耳、狐尾隨之收起。

「咦？剛剛那個男生呢？」林筱筠抱著淚流不止的葛葉，有點狀況外地左顧右盼。

「應該是先離開了……」萬里嘆了口氣，順了順適才戰鬥時弄亂的金髮。

「那是萬里的爺爺嗎？好、好年輕啊……」剛剛有聽到百里與萬里對話的林筱筠，不禁滿臉狐疑。

確實，就算是駐顏有術的美容高手，在有了孫子之後還像個二十多歲的古裝劇帥哥，還是稍嫌扯了點。

「也許是，也許不是，我也不確定。」萬里走上前揉了揉學姐的貓耳，協助還不熟悉切換人妖狀態的林筱筠收回妖化的器官。但這個不經意的動作，卻讓她渾身一縮。

看來貓妖的耳朵意外的相當敏感？

正當那一邊的林筱筠正氣急敗壞地扭住萬里的手臂，滿臉通紅地告誡他不准碰貓耳時，青雪已經悄悄融入黑暗的夜色，轉身離開。

既然災厄已經消失，那就沒必要繼續和他們浪費時間了。說實話，這次自己相當反常，連續幾次主動接近危險，已經大大違逆了妖怪以自身安全為第一的天性，實在沒有理由在事件落幕後還待在現場。

——以後還是能離那個男人多遠就多遠吧，免得又被捲入什麼奇怪的事件。

青雪這麼暗自下定決心。

看著前方漸漸清晰起來的公園景色，她不禁想起許久前，萬里曾經提醒過她的話——人就像一面鏡子，別人對你的所作所為，往往是你表現出的行為之反射。

仔細想想，天下萬物又何嘗不是呢？

就像這次的災厄事件，若不是陸少峰做事過於散漫、葛葉的母親起了多餘的貪欲，後續的這一切其實是可以避免的。包括葛葉家破人亡的慘事、陸少峰付之一炬的家當，更別提那些只是貼了符咒就慘遭火焚的普通人家了。

人類所承受的所有的一切，都只是人類行為的反射，只是這次反射的介質，是災厄而已。

狐妖的身影在夜色籠罩下飄然遠去。

尾聲

萬里拖著疲憊的身軀，打開自家院子大門。昏黃的自動照明燈立刻開啟，在他身上撒落點點金光。

白天上了一整天課，入夜後又在城市裡東奔西跑，還和火鳥硬碰硬地打了一架，就算是強壯如萬里，也累積了相當程度的疲勞。現在他只想洗個熱水澡，躺在床上好好休息。

正要轉身關上門時，一道黑影從路邊的行道樹上竄下，直撲萬里跟前。

全身上下累積的疲勞讓萬里的反應慢了半拍，等他回過神來，穿著高中制服的青雪已經面無表情地佇立在門邊。

「青雪同學？」萬里愣了愣。

被跟蹤了嗎？不，這個女孩本來就知道自己住家的位置，恐怕是提前繞過來堵人的。

「楊萬里，我有事情問你。」

人類和妖怪的臉龐靠得相當近，萬里可以輕易地從這個距離看到青雪長長的眼睫毛。總覺得這樣不太禮貌的萬里，下意識地別開視線。

「看著我。」

「呃，為什麼？」萬里尷尬地問，勉強把眼珠轉了回來。

「這樣我才能確定你有沒有在說謊。」

青雪直勾勾地瞪著萬里，瞳孔周圍泛出一抹青色。

「楊萬里，我有問題要問你。」

「……什麼問題？」

「剛剛那個男人，真的是你的爺爺？」

「為什麼這麼問？」

「你別管，回答我。」

「對不起，我不知道。」

萬里輕嘆一口氣，回想起稍早前颯爽現身救援的古裝青年。

這個答案讓青雪不滿地皺起眉頭。

——自己的爺爺還有什麼知道不知道？

狐妖女孩臉上寫著這樣的表情。

「看起來青雪同學不太相信。」萬里無奈地搔搔頭，後退兩步招手讓青雪進門。「我帶妳去看個東西吧。」

「？」儘管有些疑惑，青雪還是脫下鞋子，跟著萬里走入室內。

一人一狐穿過玄關、走廊，爬上一層層樓梯，直到抵達透天厝最高最偏遠的房間，萬里才終於停下腳步。

他將一根手指豎在嘴唇前，示意青雪噤聲，另一隻手輕輕推開走廊盡頭的房間門。溫暖的燈光從門縫中傾瀉而出，照亮陰暗的走廊和高中制服的裙襬。

萬里讓在一邊，讓青雪能看清楚小房間內的情況。

大約兩坪見寬的房內，只擺了一張木桌，上頭橫放著一根老舊生鏽的金屬物品，還有一個同為木製的牌位。

赤足踩著黑色絲襪，青雪緩緩走到木桌前，讓木牌上刻著的書法小字映入眼簾。

顯考楊公百里之靈位。

狐妖女孩的嘴唇動了動，回頭望著斜倚在門邊的楊萬里。

鏽跡斑斑的金剛杵沉默地反射昏黃的燈光，躺在桌上陪伴著自己已故去的主人。

萬里沒說什麼，青雪也一如往常地保持沉默。

狐妖女孩深深吸了一口氣，站起身來。

「楊萬里，你的爺爺……」

「已經過世了。」

——《符與青狐．上卷》完

後記

我有個雙胞胎弟弟。

會這麼突兀地在後記開頭就提起這件事，單純是因為接下來要說的，是他在某天早上告訴我的夢境。

夢裡的散狐和散狐弟坐在咖啡廳裡，有一搭沒一搭地聊著天，正處於趕稿地獄的我，似乎因為作品的後記寫不出來而陷入苦惱（真是充滿實感的夢啊）。

於是狐弟提出了一個建議。

他說：「不然你就寫那隻橘色的蜥蜴吧。」

散狐問：「什麼蜥蜴？」

狐弟指了指咖啡廳角落，果然有隻巨大的橘色綠鬣蜥正躺在那邊晒太陽。

「聽說只有真正善良，或是明白真理的人才看得到那隻蜥蜴。」狐弟如此表示。

「可是我從小就看得到耶？」散狐滿頭問號。

「其實我也是……不然我們來問問路人好了，也許真的有人看不到那隻蜥蜴啊。」狐弟這麼提議。

於是我們倆就問了問咖啡廳的其他客人，果然有不少人沒能發現那隻顯眼的橘色綠鬣蜥。

「太好了，這樣我的後記就寫得出來了。」散狐不明所以地高舉雙手。

「水哦。」狐弟給予掌聲。

夢境到此為止。

「如果後記寫不出來的話，就用這個湊字數吧。」狐弟講完後，用力豎起拇指。

於是我也豎起拇指回應。

這篇後記莫名其妙的開頭，就是因此而來。

怎麼辦我覺得編輯應該會很火，等一下！修但幾咧，先別叫我重寫！

其實這隻橘色綠鬣蜥，和本書《符與青狐》的世界觀挺契合的，嗯。

真的啦！

以下正題。

大家好我是散狐，雖然不知道看完以上廢話的讀者有幾個，但總之，總之呢，符與青狐第一卷的後記從這邊算是正式開始了。（雖說前面有大半篇幅被拿寫有關橘色綠鬣蜥的雜談了，咳咳！）

不過，正如剛才所說，這隻蜥蜴的概念其實和青狐本身頗為相似。

就像序章寫的那樣，人類是一種，相當容易被自己的感覺和理性所蒙蔽的生物。

就算感受到了違和之處，大多數人也就只是用「只是看錯了吧」、「怎麼可能」、「我真迷糊」之類的說詞說服自己，以至於看不清事物的真實樣貌。

這些「可能看錯」、「我不太清楚」、「模糊地帶」、「畫面整體產生的微妙違和感」，聚集在一起，產生了一種「似是而非」的感覺。

這就是青狐的世界觀。

所以與其說本書是志怪小說，不如說是志人小說吧。比起飄忽不定的妖怪，我更想著墨於人類的行為。

比如「貓妖篇」中，貌似所有事件的肇因，都得歸咎於那顆垂掛著無數怨魂的木棉樹，但其實回頭來看，一切的起因反而是「人類對未知事物的恐懼」。村人因為不了解比鄰而居的貓妖族，產生了「將可能造成危險的事物先下手為強毀滅，防患未然」的想法，屠盡了無辜的妖族，也間接促成了數十年後的襲擊事件。

至於接下來的「火鳥篇」，則是闡述了「人的貪欲，比天災更為恐怖」的概念。乍看之下，作為災厄化身降臨的巨大火鳥，似乎給萬里和青雪他們帶來了不少的麻煩。不過事實上，真正讓火鳥如此充滿失控破壞力的，是葛葉母親未超生的魂魄，而她死去的原因正是「貪欲」。因為想要藉由賭博般的投機心理，賺來更多錢財，最後把自己逼得走上絕路，至死不散。

而當火鳥消散，葛葉的母親在最後看著自己的女兒說出「我愛妳」時，其實是相當矛盾的。因為就我個人的觀點而言，葛葉的母親並非真的如此深愛著葛葉，否則當時就不會丟下她，讓葛葉獨自面對連成年人都束手無策的金錢壓力。

她會這樣說，可能只是為了緩解湧上心頭的那股愧疚感罷了。

這些都是假借妖怪之名，映照出人類真實樣貌的故事。

一直以來都存在於身邊的事物，有些人選擇視而不見，有些人則選擇凝目直視，在視點參差不齊的狀況下，造就了這個「似是而非」的世界。

那麼，你能看到那隻橘色綠鬣蜥嗎？

最後在本書末尾，我想感謝協助《符與青狐》付梓出版的三日月書版，以及勞苦功高的責編大大，當然，還有一路看到這邊的讀者朋友們。

謝謝你們，和我一起走過這條創作之路。

我是散狐，我們下個故事見。

散狐

高寶書版集團
gobooks.com.tw

輕世代 FW356
符與青狐・上

作　　者　散　狐
繪　　者　雨　野
編　　輯　林雨欣
校　　對　薛怡冠
美術編輯　彭裕芳
排　　版　彭立瑋
企　　劃　李欣霓

發 行 人　朱凱蕾
出　　版　三日月書版股份有限公司
　　　　　Printed in Taiwan
地　　址　臺北市內湖區洲子街88號3樓
網　　址　www.gobooks.com.tw
電　　話　(02) 27992788
電　　郵　readers@gobooks.com.tw（讀者服務部）
　　　　　pr@gobooks.com.tw（公關諮詢部）
傳　　真　出版部　(02) 27990909　行銷部 (02) 27993088
郵政劃撥　50404557
戶　　名　三日月書版股份有限公司
發　　行　英屬維京群島商高寶國際有限公司臺灣分公司
　　　　　Global Group Holdings, Ltd.
初版日期　2021年6月

國家圖書館出版品預行編目(CIP)資料

符與青狐/散狐著.-- 初版. -- 臺北市：三日月書版股份有限公司出版：英屬維京群島商高寶國際有限公司臺灣分公司發行, 2021.06-
冊；　公分. --

ISBN 978-986-06233-2-1(上冊：平裝)

863.57　　　　110004344

三日月書版

三日月書版

GOBOOKS & SITAK GROUP©